山西神话传说丛书

尤西民 毛巧晖 / 主编

杨家将传说故事

刘同彪 ◎ 编著

山西出版传媒集团　北岳文艺出版社

·太原·

图书在版编目(CIP)数据

杨家将传说故事 / 刘同彪编著. —太原：北岳文艺出版社，2021.9（2022.11重印）
（山西神话传说丛书 / 亢西民，毛巧晖主编）
ISBN 978-7-5378-6441-1

Ⅰ.①杨… Ⅱ.①刘… Ⅲ.①神话—作品集—中国 Ⅳ.①I277.5

中国版本图书馆CIP数据核字（2021）第174703号

杨家将传说故事
刘同彪 / 编著

//

出品人
郭文礼

责任编辑
贾江涛

书籍设计
张永文

印装监制
郭勇

出版发行：山西出版传媒集团·北岳文艺出版社
地　址：山西省太原市并州南路57号　邮编：030012
电　话：0351-5628697
传　真：0351-5628680
经销商：新华书店
印刷装订：山西人民印刷有限责任公司
开　本：890mm×1240mm　1/32
字　数：120千字
印　张：5.625
版　次：2021年9月第1版
印　次：2022年11月山西第2次印刷
书　号：ISBN 978-7-5378-6441-1
定　价：35.00元

本书版权为本社独家所有，未经本社同意不得转载、摘编或复制

《山西神话传说丛书》编委会

主　　任　卫建国
副 主 任　亢西民　毛巧晖
成　　员　（以姓氏笔画为序）

万俊人　卫建国　毛巧晖　亢西民
白　宁　刘小明　刘同彪　李小刚
张　歆　陈勤建　范婷婷　秦作栋
高忠严　黄金龙　崔　楠　续小强

丛书主编　亢西民　毛巧晖
丛书副主编　高忠严　刘同彪　李小刚

总序

　　山西地处华北黄土高原，东有太行，西有吕梁，南临黄河，北凭古长城，物阜民丰，人杰地灵，自古就有"表里山河"之谓。山西有文字记载的历史长达三千年之久，素有"中国古代文化博物馆"之称。位于晋陕豫黄河大拐弯腹地的晋南地区，更是土地肥沃，宜稼宜穑。据考古发掘证明，早在旧石器时代，就有先民在此繁衍生息。当前，在我国发现的两百多处旧石器时代早期遗址中，有五分之四是在山西。其中最早、最具代表性的是山西芮城西侯度遗址中发掘出的火烧骨化石，证实了早在一百八十万年前，在此繁衍生息的中华民族先祖已经燃起了人类文明的第一把圣火。在运城夏县西阴文化遗址中发现的蚕茧化石，证明早在六千年前的晋南一带人们已经开始养蚕缫丝；在临汾襄汾县陶寺村西南发掘出的四千多年前的古城遗址，被学者们认为是当时东方世界规模最大的城市，很有可能就是帝尧的都城。此外，这里还有传说中帝舜和大禹的都城①，尚待考古发掘的进一步证实和探究。有鉴于此，文化学者们把晋南称之为"古中国"，而以此为中心的黄河流域便是中华民族当之无愧的发祥地和中华文明的摇篮。

在山西这片沃土上，千百年来就流传着无数优美动人的神话故事和传说。如女娲补天、帝尧教民掘井取水、大禹治水、黄帝斩蚩尤、后稷教民稼穑、嫘祖教民养蚕缫丝等等。在中国神话学界有所谓"昆仑神话""太行神话"②"蓬莱神话""楚神话"之说，其主体是"昆仑神话"和"太行神话"；而山西，特别是晋南和晋东南一带，正是"太行神话"流传的中心地。在山西省域流传的神话传说中，尽管包含和杂糅有前述三种神话系列的神话传说，但其核心部分则是太行系列的神话传说。因此，从某种程度而言，山西流传的神话传说，即"太行神话"，亦即上古中国的神话传说。

基于对中华民族传统文化、故土文化的热爱，山西师范大学"黄河民俗文化研究所"和"黄河文化与教育研究中心"的师生们，对山西省域内流传的神话传说以及民俗文化进行了长期、系统、深入的调查与研究，写出大量的学位论文和学术论文，本丛书就是在这些研究成果的基础之上进一步整理、加工、提升、撰

---

① 晋代皇甫谧《帝王世纪》："尧都平阳，舜都蒲坂，禹都安邑。"蒲坂，今山西永济古称；安邑，古代都邑名，位于今山西运城。
② 又称"中原神话"。

写而成的。

本丛书所辑录、整理和研究的神话传说,从主人公的出生地及故事流传地域几方面因素来考量,大致分为以下几种情形:一种是神话传说之主人公出生地在山西,故事原生地也多在山西,主要流传于山西某地或其他地区的神话传说,如帝尧[1]的神话传说、帝舜[2]的神话传说、后稷的故事、师旷的故事等等;一种是神话传说之主人公出生地在其他地区,但在山西留下大量活动的足迹,故事的原生地是山西,主要流传于山西或其他地区的神话传说,如黄帝的神话传说、大禹治水神话、姜嫄的故事等等;还有一种是神话传说之主人公出生于其他地区,故事的原生地也在其他地区,但在山西地区有着广泛流传的神话传说,如夸父逐日、仓颉造字等等。不管是何种情形,这些神话传说的共同特点是都有着积极的思想内涵。有的神话传说,如盘古开天辟地、共工怒触不周之山、女娲造人,所反映的是中华民族的先祖们尽管对当时所处的自然环境缺乏认识和了解,也无从对这些现象做出科学解释,但他们又渴望了解和把握这些现象,并且进一步做出化害为利、征服自然的积极可贵的尝试和努力;有的神话传说所反映的是先祖们在恶劣的

---

[1] 帝尧出生地,国内文化学术界除"山西临汾说"之外,尚有"河北保定说""江苏金湖说"等。

[2] 帝舜出生地,除"山西永济说"外,国内文化学术界还有"山东诸冯说""河南濮阳说""湖南永州说"。在今山西省永济市及运城市域内有许多与帝舜活动有关的地名,可视作"山西永济说"的佐证。

自然环境下，直面种种艰难险阻、生存困境，所表现出的勇于斗争、不甘屈服妥协的坚强意志和抗争精神，如愚公移山、羿射九日、大禹治水；有的神话传说反映的是先祖们在民族部落时代，面对自然和社会的敌人，在战争中所体现的崇高英雄气概，以及在治国理政、处理种种人伦关系中所表现出的贤良美德，如尧舜禅让、杨家将故事与关公故事等等；有的神话传说则彰显的是先祖们长期以来同大自然与社会斗争的伟大发明创造，以及在其中所显现的聪明、才能、经验和智慧，如帝尧掘井取水、嫘祖教民养蚕缫丝、后稷教民稼穑、羲和制定天文历法等等。

在这些神话传说中，塑造出许多形象生动、性格鲜明的人物，如仁爱贤德治国为民的帝尧、三过家门而不入的治水英雄大禹、爱情真挚坚韧的牛郎织女、忠义仁勇的关公等等，这些形象已经深深镌刻在人们心中，成为一种深厚的民族文化积淀和鲜明的民族文化标志。同时，这些神话传说的艺术表现形式也非常优美，具有经久不衰的艺术魅力。如大禹治水的神话传说：大禹为根治水患，经年奋战，三过家门而不入，吸取父亲治水的教训，改堵为疏，而最终成功治水。故事情节曲折生动，十分感人。又如愚公移山的故事，把愚公与智叟进行对比，凸显出愚公朴实、坚毅的美好品质，故事富于哲理和教育意义。

这些神话传说具有浓郁的民族特色和地方文化特色。与古希腊以及其他西方国家民族的神话传说不同的是，这些神话传说的题材反映的多是先民在上古农耕生活中人与恶劣的自然环境之间，以及不同民族部落之间为争夺生存空间而进行的斗争生活；而作为航海民族和游牧民族神话传说中常见的航海冒险之类的英雄故事在山西神话传说中则十分罕见，由此而显现出上古时期我们先祖在黄河流域的生活状貌具有鲜明的农耕民族神话的特色。此外，这些神话传说中的英雄人物也与西方民族神话传说中的英雄人物不同，他们身上所彰显的不只是武艺高强、勇武善战、视死如归的个人品质和英雄风范，同时，还更多地展现出对民族（或氏族部落）的集体责任感和家国情怀，以及为人处世方面的品质和贤德。后世中国文学中的英雄与西方文学中英雄的差异由此开启先河。

这些神话传说，是中华民族的先祖生活经历以及认识把握自我和周围世界的经验智慧的结晶，是人类思维最早绽放的文明智慧之花，可以被视作当时人们生活的"元科学""元艺术"和"百科全书"。在千百年的流传过程中，人们把自己的生活体验、理想愿望、价值观念、审美理想凝聚其中，从而观照出中华民族成长繁衍的历史，其中深深地镌刻着中华民族的集体文化记忆，隐含着深厚的中华民族的种族基因，以及中华民族文化何以成为一种和合文化、伦理文化的深刻文化逻辑，从中我们可以找到解读中华民族文化符码的钥匙。

最后，需要我们特别说明的是，我们在搜集、研究、撰写山西神话传说与民间故事的过程中，广泛吸收和借鉴了国内许多专家和山西师范大学"黄河民俗文化研究所"师生们的研究成果；曾经受到来自山西师范大学、山西省文化科技相关政府机构以及北岳文艺出版社领导和编辑们方方面面的支持和关爱；山西师范大学文学院民俗学专业和比较文学与世界文学专业的研究生白宁、王静、卓琳、李欣静、闫慧芳、李娜、岳文凯、牛靖晶、李佳、王存弟、黄金龙、薛圆媛、杨海玉、崔楠等同学在前期做了大量的资料搜集和初步研究工作。在此，我们一并向他们表示真挚的感谢！因水平和能力所限，本丛书的不足和疏漏之处也在所难免，希望得到广大专家和读者的批评指正。

亢西民

2019 年 10 月于尧都平阳

目录

导言 ……………………………………………………001

一 传说故事

四郎探母 ………………………………………………018
杨五郎出家 ……………………………………………022
杨五郎铁棍的传说 ……………………………………024
"马刨泉"和"挂甲树"的传说 ………………………027
杨六郎成亲 ……………………………………………029
六郎妙计胜辽军 ………………………………………032
"谎粮堆"的传说 ………………………………………034
六郎的神箭 ……………………………………………036
杨六郎镇妖 ……………………………………………038
七郎八虎闯幽州 ………………………………………040
血战金沙滩 ……………………………………………043

杨业头撞李陵碑 …………………………………… 045
穆桂英大破天门阵 …………………………………… 048
穆桂英山的由来 ……………………………………… 051
穆桂英带孕胜辽军 …………………………………… 054
杨宗英救母 …………………………………………… 056
没有出嫁的八姐和九妹 ……………………………… 058
孟良、焦赞 …………………………………………… 060

二　民俗与信仰

（一）民间习武 ……………………………………… 065
（二）祠庙祭祀 ……………………………………… 066
（三）以杨家将战地命名 …………………………… 070

三　文献与古迹

（一）杨家将传说的相关文献记载 ………………… 077
　　杨家将第一代——杨业的相关文献记载 ……… 079
　　杨家将第二代——杨延昭的相关文献记载 …… 087
　　杨家将第三代——杨文广的相关文献记载 …… 092
　　杨家其他男将的相关文献记载 ………………… 098
　　杨门女将——佘太君的相关文献记载 ………… 102
　　杨门女将——穆桂英的相关文献记载 ………… 108

杨门女将——杨排风的相关文献记载 ………… 113

　　杨门部将的相关文献资料 ………… 117

（二）杨家将传说的遗址 ………… 121

　　杨忠武祠 ………… 127

　　杨七郎陵 ………… 130

　　杨六郎城遗址 ………… 132

　　穆桂英洞 ………… 134

　　宋辽战场——金沙滩 ………… 135

　　茹越口 ………… 137

　　娘娘滩 ………… 138

　　陈家谷 ………… 138

　　雁门关 ………… 139

　　宁武关 ………… 140

　　偏头关 ………… 140

四　文化内涵

（一）以宗法制度为载体的家国文化 ………… 145

（二）以祖先崇拜为核心的忠孝文化 ………… 151

（三）以血缘关系为纽带的亲情文化 ………… 154

（四）以思想解放为背景的妇女文化 ………… 157

参考文献 ………… 163

导言

　　杨家将传说是中国民众喜闻乐道的故事，在我国很多地方广泛流传，其产生至今已有千年的历史。在流传过程中，故事从最初的民间传说、曲艺，到稍后的戏剧，再到小说、传奇，流传敷演，愈演愈繁，致使杨家将故事中的人物，如杨业、佘太君、杨宗保、穆桂英等都成了家喻户晓的英雄偶像。自宋代以来，杨家将的事迹通过口头传说、曲艺、小说、戏剧等形式演绎，在我国民间十分流行，其主要的情节、人物逐渐偏离历史事实，不断发展衍变，形成了蔚为大观的杨家将传说系统，其演变主要经历了三个发展阶段：宋、元两代为杨家将传说的萌芽期；明代为杨家将传说的定型期；清代为杨家将传说的鼎盛期；民国以来继续以多种形式在民间传播。

　　杨家将传说由来已久，早在宋代便开始流传。宋、元之间，民间把杨家将传说改编成评话和戏剧搬上舞台。明清两代戏坛上以杨家将为题材的剧目多达几百出。明代文人又将杨家将传说改编为《杨家将演义》《杨家将传》等通俗小说,使得杨家将系列人物形象更加丰富完整。戏曲和小说在历史文献记载的基础上丰富了杨家将第三代人物杨宗保等人的形象,塑造了佘太君、穆桂英、柴郡主、八姐九妹及众多杨门女将等之前名不见经传的人物,并把潘美作为奸臣来陪衬,从而使得杨门英雄的形象更为高大。长篇通俗小说出现后,不仅汇集了先前流行的戏剧、曲艺、民间口头传说以及史传上的杨家将传说内容,而且把与杨家将相关的呼家将、寇准、狄青等人的故事结合起来,增加了一批元朝以前未曾出现的人物,为杨家将传说提供了更丰富的素材。在此基础上,清代杨家将传说更加流行,在艺术上也更为成熟,杨家将传说深入人心,在民间广为流传。

杨业祖孙三代前仆后继、保家卫国的故事,在北宋时即在民间广泛传诵。欧阳修在皇祐三年(1051年)所作的《供备库副使杨君墓志铭》称杨业"父子皆名将,其智勇号称无敌。至今天下之士,至于里儿野竖,皆能道之"。南宋时,杨家将传说就已成为"说话"的内容。宋人罗烨的《醉翁谈录》记载了《杨令公》《五郎为僧》等话本名目。至元代,杨家将传说已被搬上戏曲舞台,出现了《谢金吾诈拆清风府》《昊天塔孟良盗骨》等杂剧作品。明代则成为杨家将传说发展的重要时期,《八大王开诏救忠臣》《杨六郎调兵破天阵》《焦光赞活拿萧天佑》《黄眉翁赐福上延年》等杂剧在舞台上演。更重要的是出现了两部杨家将题材的长篇小说——《杨家府演义》和《北宋志传》,这两部作品的出现，奠定了杨家将传说在通俗文学中的稳固地位。杨家将传说的发展并未因此而停滞。至清代，相关故事更以各种文学形式被不断创作出来。其中不仅有《北宋金枪全传》《天门阵十二寡妇征西》《平闽全传》《两狼山》等小说，还出现了长达二百四十出的宫廷大戏《昭代箫韶》。各个地方戏剧种如京剧、豫剧、山西梆子中均有大量的杨家将戏。另外，杨家将题材的曲艺作品也深受欢迎，其中以西河大鼓、评书、鼓书和江南乱弹最为盛行。民国时期，戏剧舞台上出现搬演杨家将戏的高潮，如余嘉锡所说："今戏剧所搬演，除东汉、三国、水浒、说岳、封神、西游诸戏外，尤以演杨家将者为最多，大约有数十本，而《四郎探母》《李陵碑》《洪羊洞》诸剧，以为谭派须生所常演，尤盛行一时，虽妇人孺子，无不知有老令公、佘太君、杨六郎者。"新中国成立后，传统的杨家将戏曲经过改编，重新焕发了生机，一些脍炙人口的曲目仍然活跃在戏曲舞台上。可见，虽然杨家将故事从北宋至今已有千余年的历史，但它们在今天仍然具有不同寻常的艺术魅力。不同于其他历史题材作品，杨家将故事的一个突出特点，是在以男人为主导的历史故事中，出现了一个不容忽视的女性英雄群体，使得杨家将故事历千载辉煌而不衰。

其余便是文学作品集中收录的各地杨家将传说：《中国民间故事集成·河北卷》中，收录了《杨六郎大战祁家桥》（雄县）、《杨七郎归位》（怀来县）、《穆桂英大破洪州》（怀仁县）、《拒马河的来历》（涞水县）四则传说。《中国民间故事集成·山西卷》中，收录了《杨业头撞李陵碑》（怀仁县）、《杨五郎出家》（代县）两则传说。程蔷的《中国民间英雄传奇故事》中收录了《王怀女巧摆八台阵》（廊坊市）、《穆桂英破洪州》（平山县）、《杨八姐大破铁甲兵》（安次县）三则传说。早在20世纪40年代，历史学家卫聚贤、余嘉锡等人就开始关注杨家将故事，他们的研究主要集中于杨业的家世以及潘、杨关系。如卫聚贤的《杨家将及其考证》对《北宋志传》中有关的战事和人物与《宋史》加以对照，探讨杨家将故事的确实性。而余嘉锡的《杨家将故事考信录》则拓宽了研究的视野，所用的材料不再限于历史著作，而是扩展到文人笔记、方志、话本、戏曲、诗歌、小说等资料，用这些丰富的文献对《宋史》中的《杨业传》《杨延昭文广传》详加索引。新中国成立后，常征的《杨家将史事考》在前人研究的基础上，对历史上的杨业家族和文学作品中的杨家将故事依据多种翔实的资料进行了认真考证，还谈到了传说与史实之间的关系、杨家将故事的发展流脉。此后，学者从不同的侧面对有关杨家将的基本史实进行了补充。赵景深的《杨家将故事的演变》则对元到明、清的杨家将故事做了细致的梳理。裴效维的《杨家将故事的产生与嬗变》（《徐州师范大学学报》，2005年第1期），把杨家将故事的产生、发展划分为奠基期（宋元）、鼎盛期（明清）两个时期。

杨家将的民间传说受到多种艺术样式的影响，流传地域十分广阔，受到了历代人民的推崇。杨家将传说形成了杨门男将和杨门女将两大系统的传说内容，即以杨业杨老令公为主的第一代杨家将和以杨延昭为代表的第二代以及以杨文广为主的第三代杨家男性英雄传说；以佘太君和穆桂英为主的杨门女将传说。京津冀、山西、陕西、甘肃一带流传的杨家将传说以征战为主。如天门关坐落于太原古交以西六十里的古交镇，位于汾河上游的河谷，是从山西西北进入太原的门户之一，相传穆桂英大破天门阵即在此地。甘肃古浪、武威、永昌一带有杨宗保兵困金山笼、滴泪崖十二寡妇征西、行计"倒取虎狼关"、七星粮阵巧退敌等故事。明代熊大木所著的《杨家将演义》中，有数处与甘肃古浪民间传说相似的地方。河南的杨家将传说以开封天波杨府杨家将的家事为主。

历史上的杨家将传说以陕西和山西省为中心向四周扩散，北方遍及辽宁、北京、天津、河北、河南、山东、宁夏、甘肃等地，南方辐射至湖南、江苏、浙江、广东、广西、福建、云南、贵州等众多省区。在山西、河北、山东、陕西、云南、贵州、广西、福建、甘肃、安徽、江苏、四川等地都流传着许多关于杨家将的民间传说，地方志中的文献记载数不胜数。杨业的生平事迹在《宋史·杨业传》中有记载，其余散见于《辽史》《续资治通鉴长编》《雍正朔州志》等文献，六郎杨延昭事迹见于《隆平集》和《东都事略》，在《真宗纪》《五行志》及《定州志》等文献均有记载。其余人物事迹散见于《山西通志》和《保德州志》《五台山志》等地方志资料中，这些文献是研究杨家将传说的珍贵资料。杨家将活动遗址以北京、河北和山西为最多。杨家将活动之遗址和后世所建立的祠庙，部分山西、河北地方志书和著述所描述的有二百多处。杨家将祖孙四代前仆后继，奋战在抗辽前线，留下了百处以上的遗址和遗迹，这些资料为杨家将传说研究提供了丰富的实物资料和线索。杨家将遗址在各省都有分布。如"河南开封旧县西北宜秋门内，明末河水淹没。宅外有水泊"。今在故址附近，建有天波杨府。孝严寺位于河南开封旧城西北隅金水门内，即杨业家庙。雍熙三年（986年）五月，杨业之子请求宋太宗改庙为寺，以孝敬其父亲。太宗赐额"孝严"。宋南迁以后，毁于战火。河北邢台有令公垴，相传为杨业屯兵处。河北丰润有令公村，杨业屯兵抗拒辽国在此建立村子。河北香河县有杨令公墓。河北永清县西北角有老君堂，相传为佘太君屯兵作战处。河北相传杨八姐在宋六口大破辽帅韩昌的铁甲兵。河北易县境内有穆桂英寨，相传为穆桂英屯兵处。此外，密云、曲阳等地也有穆桂英寨。河北广门和雁门是杨延昭镇守边关时所建立。河北雄县有杨门城，杨业镇守三关时所建。文安县的广陵城相传是杨延昭守益津关时在此地积粮。唐县的军城与霸州的坏城相传都是杨延昭的驻兵之地。

今广西、贵州、湖南、甘肃等省以杨文广活动的遗址为主，记述了杨家将活动地域的概况。杨氏一族，最初有麟州、太原、代州三支，宋王朝以后逐渐湮没无闻。继续活跃于历史上的杨氏后代有贵州的播州杨氏。播州即现在的贵州省遵义市和遵义县，辖区在现在的赤水和黔江之间。这个地区宋元明三代时期的土司首领，就是杨延昭的儿子杨充广的后代，杨充广是杨文广的弟弟。明初大学士宋濂的《杨氏家传》有过明确记叙。由于杨氏子孙长期据守黔江乌江一带，贵州地区有许多关于杨六郎等人的传说。《遵义府志》（卷十）记载，黔江支流芙蓉江畔之正安城，有白鹤亭，相传是杨延昭休息过的地方。《遵义府志》卷四记载：绥阳（遵义市东北）城东有六郎城，传说是杨延昭所筑。黄鱼口有六郎屯，据传是杨延昭屯兵处。在正安旧城有白鹤亭，相传杨六郎曾在此居住，正安县有三块石头，石头上有掌迹，相传杨六郎曾在此休息。又绥阳城有六郎城，相传是他建造的，杨文广死后五十年北宋就灭亡了。其英雄事迹深入人心，反映出人民群众对爱国人物的尊敬与怀念。另据《续遵义府志》（卷三十五）称："杨昭，字子明，无子，取同中书令杨业第四子延朗承理播州事。延朗仁厚爱民，征讨有功，封太保。"但据研究者调查，杨延昭一生在北方征战，大中祥符七年（1014年）死于任所高阳关，未曾到过播州，更未尝嗣继杨昭。入播州者为其子杨充广。嗣杨昭者为充广之子杨贵迁。六郎城和六郎屯大约是杨贵迁及其后人屯兵之地。白鹤亭可能是因杨氏而附会其祖先杨延昭。由此也可以说明杨家将传说在贵州已经深入人心。

山西最为著名的杨家将传说遗址有杨忠武祠和雁门关等遗址。在代县县城东二十里的鹿蹄涧村，至今仍保留着为纪念宋代爱国将领杨业父子而修建的杨家祠堂。杨家祠堂由前院和后院两部分组成。前院奉祀杨业后裔，后院正殿五楹，殿顶为悬山式，东西分别建有厢房三间，整个院子肃穆而整齐。正殿内塑有杨业与其妻佘太君的坐像，两旁分列着杨业八个儿子的彩塑。祠内，有"余祖图"碑一块，碑文铭刻着杨业后裔世系。大殿前，竖立着鹿蹄石一块，这块形状奇特的石头有着不寻常的来历，传说杨业十四世孙杨友镇守代州时出外打猎射中一只梅花鹿，鹿带箭逃去，杨友紧追不舍，追至鹿蹄涧村，梅花鹿忽然钻入地下。杨友带人挖掘，挖出一块奇异的石头，上面雕有梅花鹿带箭的图案和鹿蹄的印迹，于是人们把这块石头搬回祠中安放。鹿蹄涧村也由此得名。

杨氏宗卷是杨忠武祠众多历史文物中最为珍贵的"镇祠之宝"，为九百多年前的南宋遗物，素绢如幅，卷长8.1米，宽0.39米，排列顺序先为传记，次为画像，再为名人赞诗。内裱宋孝宗皇帝于乾道元年（1165年）加封杨存中昭庆军节度使敕令之一，并绘有杨克让、杨文靖、杨时、杨存宗、杨大异五人像。为缅怀先祖精忠报国的高尚情怀，鹿蹄涧村年年农历三月初九都举行村祭，年年村祭必定唱戏，唱戏必唱杨家将戏。除了大型的祖庙祭祀活动，还在杨忠武祠文体广场举行民间文艺汇演活动，更好地弘扬了杨家将的崇高精神。

有关"杨家将"的民间传说、说唱、戏曲、小说等多若繁星。杨家将传说之所以受民众欢迎，盛行不衰，是因为它具有民间文艺的所有特点和优点，是劳动人民、民间艺人、文人作家协同合作的典范，符合我国民间故事雅俗结合的形成规律。纵观我国众多的民间传说和民间故事，其产生原因虽然各不相同，但有两点是一致的，即它们无不受到时代背景和民众意愿的制约。譬如神话只能产生于生产力和科技极其低下的上古时代，它反映了当时民众因对大自然的神秘力量缺乏了解，于是渴求能够在大自然中生存的愿望。而梁山伯与祝英台故事则只能产生在封建礼教严酷的专制时代，它反映了当时民众对恋爱婚姻自由的渴望和对封建礼教的谴责。杨家将故事也不例外，它是宋代社会现实与民众愿望相结合的产物，其产生及其民族斗争主题的形成是有它的时代与社会土壤的。故事产生的两宋王朝，奉行"守内虚外"、重文轻武的政策，在历史上是有名的"积贫积弱"的朝代。从北宋建国之始直到南宋灭亡，外族的侵扰几乎不曾中断，最严重的时候甚至失掉半壁江山。人们把杨家将的事迹编成故事传唱，借以表达抗战的决心，同时以此来鼓舞士气。宋元三百余年，是一个阶级矛盾和民族矛盾交错的时代。杨业及其子孙所处的历史时期，正是宋辽战争的关键时期。朔州之败、杨业之死，是战争的转折点，从此以后，宋王朝便以守代攻，向辽纳贡，屈己求和，一蹶不振。到后来，中原沦于金兵之手，不仅徽、钦二帝当了俘虏，连朝廷都被驱赶到江南去了。南宋与金相持百年，朝廷内外收复失地的呼声甚高，然而统治阶级苟安于一隅，不图自强，终于又灭亡于元兵之手。元蒙贵族统治中国一百多年，长期对汉族百姓实行残酷的民族歧视和民族压迫，法律将汉人、南人放在劣等地位。在这种特定的社会形势下，阶级矛盾往往通过民族矛盾表现出来。由于汉族百姓长期受到民族战争和民族压迫的灾难，思想上必然留下深刻的烙印，感情上也必然对本民族的英雄人物产生怀念之情。加之杨业祖孙三代英勇抗辽，本身就带有传奇性，在民族战争和民族压迫的环境下，自然更容易受到各阶层人士的称颂，尤其容易在统治阶级插手难到的民间文艺中得到反映：人民大众在杨家将真实故事的基础上，充分展开想象的翅膀，通过口耳相传，使故事像滚雪球般不断膨胀，于是便产生了大量的杨家将故事。所以，宋元时期杨家将故事及其主题的形成，不仅是社会的需要，而且带有鲜明的时代特征。每个时代都有自己的特点，所以不同时期的杨家将故事，就因打上了不同时代的烙印而具有不同的特色。如明代，北方瓦剌与鞑靼强大，不断骚扰中原地区；南方浙江、福建等地又有倭人为乱。"南倭北虏"导致民族矛盾再一次激化，乱世则思良将，故以杨家将为题材的故事不断完善，并出现了大批宫廷文人创作的以宣扬忠孝节义为核心的宫廷杂剧。而国家的危难，又让生活在华夏大地上的炎黄子孙感到愤懑和耻辱。这种内忧外患的历史状况，刺激着当时的文人，出于对本朝政治文化危机的隐忧和思虑，无论是文人还是百姓都很怀念英雄，充满对功臣良将的景仰和渴望。而他们对贤君忠臣的呼唤、对安居乐业的渴望，在现实生活中又无法实现，所以只能借助英雄演义的形式让它们在文学作品中实现，使心灵暂时得到慰藉。虽然这些英雄演义无法改变现实，但它们却能激励人们进行抗争，为美好的生活去奋斗，对培育下一代更有着不可忽视的积极作用。如前所述，老令公杨业是历史上实有的人物。杨家一门忠烈、为国捐躯的悲壮业绩，在北宋史书上亦有一些记载。杨宗保、穆桂英作为传说中抵御外侮、忠心报国的民族英雄，他们的忠烈行为维护了人民的利益，表达了人民的愿望。因此，他们的名字能世世代代流传在人们口头，活在人们心中。

这些传说，虽然不是真人真事的实录，但却鲜明而强烈地体现了人们的感情和愿望。佘太君以百岁高龄挂帅出征，按现实生活的情理，似不可能。但是，这个传说为什么还是一代一代地流传呢？这是因为，民众对作品的感受，不在于历史细节的真实，而是从作品的总体精神上去把握、去接受的。人们只会为杨家满门的忠肝义胆所感动，绝不会指责"百岁挂帅"不合情理。可见，杨家将故事产生的最根本原因是，民族矛盾激化之后，中原民族无力抵抗、节节败退，一向重视华夷之防的中原民族，可谓面临数千年来的大变局，他们从内心深处强烈呼唤抗击入侵的英雄，就算是没有这样的英雄也要虚构出一个或一群英雄来，以便从虚构的精神世界里找到寄托感情的家园。

总之，杨家将传说是典型的按照封建时代人们的理想和愿望讲述的古代英雄传奇式的故事，是借一点历史的影子，经过艺术加工，创造出的生动、浪漫的人物形象，如杨业、佘太君、杨宗保、穆桂英等。特别是在民族矛盾激烈之时，在人们的心目中，杨家将一方面就是抵抗异族侵略的代表，另一方面成了"忠勇"的化身。杨家将是爱国将领和民族英雄的代表。有宋一代，战乱频繁，中原大地生灵涂炭，杨家将保境安民，谱写了一曲中国古代爱国主义发展史上的动人乐章。杨家将不仅是杨氏族人的骄傲，也是整部中华民族爱国史上的不朽丰碑。以爱国主义为主线和核心的杨家将文化是爱国爱民、保境安邦、维护民族团结、促进国家统一的典范，植根于百姓心中历千年而不衰。杨家将传说所体现的爱国主义精神在当代中国尤其重要，我们应该大力弘扬。

一

传说故事

杨家将的征战传说主要流传于晋北地区。杨家将镇守三关时的战争，展现了杨家将的骁勇善战和机智勇敢精神，其保家卫国的精神为后人称道。杨门女将的传说展现着我国古代妇女们深明大义、奋勇杀敌的爱国精神。杨业和六郎的故事最为丰富，在当地也有许多历史遗迹，千百年来为人们所敬仰。

杨家将传说塑造了一批代代传承的家族式的可歌可泣的英雄形象，寄托着广大老百姓的希望与期盼。北宋年间战乱频繁，民不聊生，祈盼和平、安定已是众望所归。杨家满门忠烈、热爱祖国的高尚民族精神为世人所景仰。地处山西忻州地区的代县（古代州）就是杨家将长期驻守、抵御辽兵的地方。位于代县的杨忠武祠就是为了纪念杨家将的丰功伟绩而建。那么杨家将传说中究竟有哪些文化内涵，千百年来令后人追怀不已？

北宋灭北汉，完成了统一大业，结束了十国分裂割据的局面。但是，北方游牧民族辽国，占据包括今忻州地区在内的大片领土并不断发展强大，成为宋王朝的一个劲敌，长期与宋王朝形成对峙的格局。杨家父子前仆后继、忠心保国的英雄事迹，在后世广为传颂，有关杨家将的小说、戏剧、传说都是根据这些史实演义加工而成的。因杨家将多次转战雁北、忻州，所以这一带杨家将传说非常多，如怀仁县的金沙滩大战，浑源县的穆桂英战洪州，以及寄骨寺、谎粮堆、穆桂英坡、六郎寨等古迹，都附会有许多动人的传说，人民用自己特有的口头文学为杨家将建筑了一座巍峨的纪念碑。山西北部是汉辽冲撞、交战的中心地区，杨家将的

山西代县鹿蹄涧杨忠武祠

抗辽事迹就发生在这里。在史实的基础上形成了以杨业和杨六郎为代表的杨门男将和以穆桂英为代表的杨门女将传说系统,并且逐步浸染了我国人民朴素的价值取向。

  山西杨家将传说以战争传说为主,主要的有关于杨四郎、杨五郎、杨六郎的传说,其中以杨六郎的传说最多。杨门女将,如佘太君和穆桂英,关于她们的传说亦有不少。杨家将当年浴血奋战的传说大部分发生在晋北地区,特别是晋北三关——雁门关、宁武关、偏关一带。这里古战场遗迹和文物古迹比比皆是,生动记录了杨门英烈驰骋疆场的丰功伟绩。例如,朔州境内的杨六郎寨是杨家军队的屯兵之所。怀仁西南的金沙滩，是宋、辽当年兴兵鏖战之地。代县西北的雁门关是杨家将重兵把守的险要关隘，代县雁门关上有点将台，城内有杨家大校场。代县有杨家出征后留驻眷属的东西留属村，至今还有保存完好的令公刀、穆桂英铜鞋、五郎棍等。五台县境内苏子坡的莫姑岭是六郎收服女将穆桂英所在。朔县广武城外有六郎当年以沙充粮的六郎堆，繁峙城西有七郎墓，城东有五郎城，岢岚县有孟良坡和焦赞寨，等等。

四郎探母

杨四郎（杨延辉）被俘之后，当萧太后问他叫什么时，他说了一个假名，叫木易，萧太后听说不是杨家人就放心了。萧太后有一女叫铁镜公主，虽已年过十八，但尚未许配。萧太后见木易长得相貌堂堂，便要把铁镜公主嫁给他。四郎家有娇妻孟氏，两人十分恩爱，他当然不愿娶北番公主，但在萧太后的威胁下只好屈从了。一晃十五年过去了，杨延辉由一个青年变成了三十来岁的中年人。

这天，听说统兵萧天佐在雁门关摆下一个大阵，让人上书宋朝，说是若破得了大阵，北番甘愿俯首称臣。若破不了大阵，宋朝江山就得让给北番。当时宋军驻扎在雁门关内，辽军驻扎在关外。杨四郎打探到宋军中执掌帅印的是自己的六弟杨延昭，而带领杨家将的是自己的老母亲佘太君，特别高兴，以为可以回宋朝了。母亲和他一关之隔，他决心要去和母亲见一面。但怎么才能出关呢？在万般无奈之际，他首先想到了铁镜公主，没有公主帮

雁门关新广武长城

忙，是绝对过不了关的。四郎只好把自己是杨家四郎的秘密告诉了铁镜公主。公主感到十分意外，她从来没有想到驸马竟是敌军杨家将，猛然听到驸马说出实情，大吃一惊，不知如何是好。雁门关把守极严，没有令箭是万万过不了关的。四郎请求公主向太后讨一支令箭连夜去和老母见面，然后再归还太后。铁镜公主十分贤德善良，为了成全丈夫，她毅然到银安殿去见母后。萧太后见了公主说："我儿不在后宫休息，到这儿来有什么事？"铁镜公主说："特意来向母后请安。"太后很高兴。母女俩说了会儿闲话，眼见没法提起令箭的事，公主便转身离开。但她不甘心，突然想起了怀中的孩子，她在儿子屁股上捏一把，儿子顿时大哭起来。太后忙问孩子为何大哭。公主说，这孩子该打。太后问：

为什么该打？公主道：他看见令箭要玩，平日就喜欢玩令箭。太后说：他喜欢玩就让他玩吧，不过明日天亮得给我还回来。公主把令箭塞到怀里，谢过母后，欢天喜地走回后宫。公主把令箭交给四郎，嘱咐他天明前早点回来。杨四郎就向雁门关方向驰去。到了雁门关，把关的军士果然看守极严，他们远远地就让来人下马接受检查。杨四郎出示令箭，说是受太后委派去宋营公干，守关军士就放他过去了。

杨四郎快鞭策马，直闯宋营，被巡逻的军兵用绊马索绊住，捆绑起来送到中军帐。杨六郎亲自审问。六郎刚问了几句，四郎就认出这位主帅就是自己的六弟延昭。四郎急着问：听说母亲来了，是不是真的？六郎说：就在后帐休息。于是前去拜见老太君。佘太君十分惊讶，母子俩抱头大哭，诉说十余年经历。一家人为四郎接风洗尘，见过八姐九妹和妻子孟氏。听得打更人敲了三更鼓。四郎吃了一惊，连声说：不好了，不好了，我该走了，铁镜公主骗得她母后的令箭时，定的是五更时交还，若回去晚了，怕是公主会受到责难。

四郎拜别母亲，不料刚过雁门就被辽兵拿下了，押送到银安宝殿上，萧太后一脸怒气十分怕人。太后说：你骗得令箭，偷偷出关，原来你是杨家的人。太后对军士说：把他推出去斩了。铁镜公主来了，上前叫了一声"母后"。萧太后说：你是不是又要来骗我的令箭？公主也跪在殿上，承认了自己的错误。太后说：按军令行事，盗得军令理当斩。这时，公主灵机一动,计上心来,又在阿哥的屁股上拧了一把。她怀中的阿哥果然"哇哇"大哭起来了。公主说:小畜生,你也别闹,你爹活不了,你娘也不想活了。说着,她把儿子往太后怀里一塞说:母后,阿哥就交给你了。婴儿哭,大人哭,银安殿乱成了一锅粥。这时萧家的几个兄弟和大臣们纷纷为驸马求情。萧太后对众人说,既然大伙都替驸马说话,我也不做这个恶人了,恕驸马无罪!铁镜公主接过阿哥,和四郎一起叩头谢恩。在众人的努力下,这场探母风波平息了。从此杨四郎延辉安心留在北国,为辽宋和睦相处做出了自己的贡献。

相传当年杨四郎住在今大同城内西南角的一条巷子,巷子长度仅有二三十米,最南边尽头处不通行。明代永乐年间,有一位叫杨天成的人因制作铜器出名,他制作的铜器有铜壶、铜镜、铜火锅,还有那刀戟剑叉等各种兵器。他自称是杨家将后代传人,于是生意兴隆。他居住的这条巷子就叫杨家巷,一直流传至今。

杨五郎出家

杨五郎是杨令公的第五子，名延德。在金沙滩大战中，杨五郎为了大宋江山，奋勇杀敌，可是辽军把宋军围了个里三层外三层。杨五郎拼尽全力杀出重围，却发现黄土飞扬，尸横遍野，杨家兄弟一个也没有了。杨五郎不由得泪流满面，想起在金沙滩一战中，大哥替主身亡，二哥乱箭穿身，三哥被马踏死，四哥八弟踪影全无，六弟七弟生死未卜，不由得悲从中来。这该怎么办？正在这时，他突然想起一件事，从怀中取出一个小布包来，打开一看，里面放着剃头刀一把、僧衣一件、僧帽一顶。这是咋回事？原来有一次五郎和父兄游五台山时，方丈讲解佛法，五郎听得入了迷。方丈看出了他的心事，他们父子离开寺院时，方丈悄悄送了他一个小布包，并对他说："这个东西你随身带着，不到关键时候千万不能打开，遇到大灾大难，打开一看就知道了。"

这件事五郎从未跟任何人说过，直到此时他才把小布包打开。五郎一看里面的东西，才晓得师父是让他出家为僧。五郎手捧剃头刀拿不定主意。想到父亲兄弟都不在了，悲伤得不能自已，想到杨家一门忠烈落得这么个下场，一气之下，剃掉头发，换上僧衣僧帽，朝五台山走了。

过了些时候，五郎想到父亲惨死陈家峪口，于是将杨令公的骸骨偷偷取回五台山，葬于九龙岗，建了一座六角塔，以便祭祀，人们称之为"令公塔"，在这里凭吊杨家将。

后来，杨六郎得知五郎出家为僧，大破天门阵时请他出战，五郎没答应。后来直到大破罗汉阵时，他才带了五百武僧出战。破阵之后重返五台山，再未下山。五台山的五郎庙就是为了纪念杨五郎而建立的。

杨五郎铁棍的传说

杨五郎在太平兴国寺出家为僧后,整日跟着法师坐禅念经,过起了清心寡欲的生活。但这种生活对久经沙场的武将来说是寂寞难耐的。五郎心想,从前少林武功天下独绝,为唐朝的建立做出了贡献。坊间盛传十三棍僧救唐王的故事,我何不教寺内僧众习武练功呢?说不定什么时候就派上用场了呢。于是就请教法师,法师称他虽然身在佛门,仍然心系天下,就同意了,从此建了个练武场习武练功。出家人不便使用刀枪剑戟,木棍又太轻,于是请人打造了一根八十一斤的铁棍,需要几个徒弟才抬得动。

一天,又是演习的日子,乡民们都来观看。五郎把铁棍拿在手里,轻松自如地练起来,越耍越快,只见寒光一片。一个好事的徒弟,为了显示师父的本事,端来一瓢水向五郎泼去,只见飞珠溅玉,令人惊讶的是一点都没溅到五郎身上。五郎见势就收,大喝一声,铁棍又插到了原来的地方。人们都称赞不愧是杨门虎将,武艺超群。

辽国有一员大将叫韩昌，金沙滩一战后趾高气扬，听说五郎出家后就肆无忌惮，跟萧太后禀报要出兵大宋夺了赵家天下。镇守三关的杨六郎急速整兵防守，然而手下兵微将寡，很是担心。身边的黑脸焦赞就上前一步说："元帅，韩昌杀来，咱们何不去请我家五哥？"六郎听了更加伤心，说："他出家为僧，心灰意冷，恐怕不会下山的。"

焦赞提高嗓门道："元帅，如今国难当头，家仇未报，你派我去五台山，五哥一请就到。"六郎深知五哥武艺高强，是破辽兵守三关的可信之人，便答应了。

看山门的沙弥禀报说有个黑脸大汉点名要会见师父。五郎出来一看是焦赞兄弟。焦赞叙述了事情始末，五郎开始说已出家为僧，不好再开杀戒。焦赞急了就骂道："好你个五郎，当了和尚就六亲不认了，国恨家仇也不报了。亏你还是杨家将！"这么一说，五郎高声说道："我虽皈依佛门，但消除妖孽，也是佛家旨意，杨家世代忠良，国恨家仇岂可不报？"说完点了五百僧兵昼夜兼程，杀向雁门关。

韩昌率领重兵向雁门关杀来的时候，六郎披挂上阵，势单力孤。韩昌一心想活捉六郎，不料背后杀来一支僧兵，韩昌一看竟然是杨五郎，顿时就慌了，可是进退两难，只好拼死搏斗。五郎铁棍一挥，韩昌人马被劈为四块，由于用力过猛，铁棍打在大石头上也断了一截子。大战结束，六郎正要拜见五哥，五郎已经带众僧回五台山去了。

不久禅师去世,杨五郎当了住持。人们把太平兴国寺改名五郎庙,五郎庙所在的楼观谷改名五郎沟,五郎圆寂后人们在西配殿供养他,称为五郎祠。后来,康熙巡幸五台山,题词:"弃却干戈披衲衣,个中争许几人窥。只今唯有台山月,夜夜空临杨老祠。"并在康熙五十三年(1714年)重修五郎庙。

"马刨泉"和"挂甲树"的传说

五台山东台顶下边,在五台县与阜平县交界处,有一座长城岭。长城岭上长着一棵巨大的松树,据说是唐朝时候的苍松。相传宋初,杨六郎驻守雁门关、偏关和宁武关时,一次与辽兵大战数日,不分胜负。双方都累得人困马乏,于是约定各自退兵来日再战。这天六郎来到长城岭下想找口水喝,无奈这地方终年气候干旱,连个泉水溪水都没有,百姓都搬迁走了,四下里不见人烟。这时坐骑白马一声长啸,前蹄落地,一下刨出一汪清泉。六郎一看有清泉,高兴极了,立马趴下喝了几口,顿觉神清气爽,精神振奋,大叫一声:"马刨清泉,天助我也!"说完跨上骏马翻过山岭又与辽军激战,最终大获全胜。归来后来到长城岭下,见有一棵粗大的松树,便想躺下来休息一会儿。于是把全身衣甲脱下来挂在老松树上,美美地睡了一觉。醒来之后,已经过了好几天。杨六郎披甲戴帽,巡视关隘。为了纪念杨六郎,弘扬爱国精神,后人称此树为"挂甲松"或"挂甲树",并赋诗云:

> 将军忠义宋干城，挂衣犹传百世名。
> 石壁云封迷鸟道，虬枝风劲听龙鸣。
> 雄心自井兰山古，轶事偏贻草木荣。
> 感慨示衣板上客，杨郎吾欲配颜卿。

马刨的清泉常年流水一直没有断绝，为过往行人提供解渴的甘露，人称马刨泉。以后由于有了水源，附近的村民又迁居过来，形成了一个村子，就是刨泉场。由于长城岭是山西与河北的交界，岭西面是山西五台山，岭东面为河北阜平，马刨泉处于山西清河与河北北流河的分水岭之上，海拔高达1520米，泉水高高置于山顶之上。所以河北阜平也有此传说：山有多高，水有多高。直到现在马刨泉仍然流水叮咚，是进出五台山的行人跑马解渴的甘露。据地质学家考察，马刨泉地处山山水水的断裂带，一旦地表水渗入地下，断裂带则聚集而成为潜流。如遇相交的断裂，潜流相遇，则会涌出地表成泉。马刨泉还有一说是乾隆的御马刨出。

杨六郎成亲

石楼县城西北有一座光秃秃的大山叫团圆山,据说这山以前叫黑虎山,长满了参天大树,后来才变得光秃秃了。

相传团圆山里面有一个王家畔村,宋朝年间,河东四大令公之一的大刀王怀就是这个村的。当时杨业和王怀都在河东刘王手下为臣,两人交情很深。一天佘太君过生日,王怀夫妻俩过来祝寿,王夫人和佘太君两人都怀有身孕,两家相约,同生男的就结成弟兄,同生女的结为姐妹,一男一女的话结为夫妻。后来杨府生下六郎延昭,王府生下千金兰英,人称王怀女。于是两家便订了亲。谁曾想后来打仗时两家失散了,王令公带着女儿回到了王家畔村,从此两家再无联系。

王怀女七岁那年,家乡暴发瘟疫,父母双亡。王怀女被父母的好友带到了武功山学武艺。六郎此时也长成了英俊小生,由八贤王做主,杨六郎和柴郡主成了婚。

王怀女生得丑但武功很好,她身边有个丫环叫锦毛狮子,十年学艺期满后回到了家乡。家乡有一伙盗贼，常常打劫路人，人们对这些人恨之入骨但没有人敢惹。二人杀了贼寇在黑虎山招兵买马，聚集了几千人马，每天在黑虎山练武、巡山，贼匪和官兵都不敢惹她们。

当时六郎镇守三关，辽国人进犯，用天门阵困住了大宋君臣，杨六郎杀出重围回到东京汴梁，搬出五万救兵，经过石楼往三关解围。一天走到黑虎山前，王怀女和锦毛狮子挡住去路，锦毛狮子大喊："哪里来的官兵，敢来抢我黑虎山，报上名来，先吃姑奶奶一刀！"杨六郎一看不过是两个女子，于是说："二位姑娘，下官杨延昭，奉朝廷之命镇守三关。请二位姑娘行个方便，放我过去。"

王怀女一听是六郎，抬头一看，见六郎生得一表人才，羞得脸都红了。锦毛狮子对六郎说："哎呀，是姑爷来了，我家小姐都等了你十年。"

这一番话说得六郎云里雾里，心想听母亲说给订过一门亲事，但王令公已死，难道这女子就是王怀女？转念一想，娶过柴郡主，再娶王怀女，岂不是犯了欺君之罪？不管是真是假，这亲都不能认。于是大喊一声："大胆，竟敢冒认官亲，赶快退开，让本帅过去！"

王怀女不知道杨六郎已经成家，一听说杨六郎竟然不认她了，急得也不顾羞了，说："奴家就是王怀女，等了你十年。今天相见，你不认我，好狠心啊！"

杨六郎又大喊一声："不要耍笑本帅，快放我过山！"

王怀女一看六郎还是不认，就变了脸："今天不认我王怀女，只怕你过不了黑虎山！"

六郎一听哈哈大笑："两个黄毛丫头，我看你们有什么本事能挡住三关元帅和五万大军？"随即传令："众兵将，杀出黑虎山！"

王怀女见六郎不但不认，还要厮杀，心想你要打也好，就让你看看我的手段。王怀女挥舞大刀向六郎杀来，六郎骑马横枪挡住。六郎银枪敌不过王怀女的大刀，王怀女手下留情没要他的命。他想后退连退路也被封住。锦毛狮子杀红了眼，把山上的树当成兵将，一棵一棵猛砍，最后全砍光了。王怀女把杨六郎追到黑虎山顶，问道："六郎，我苦苦等了你十多年。你认了我，我随你去边关立功去，不认的话，我砍了你的头！"

六郎没奈何认了。他们在黑虎山成亲，然后随六郎去边关解围救驾去了。王怀女杀了萧天佑，破了天门阵，屡建奇功。

黑虎山上的树被锦毛狮子砍光了，这座山是杨六郎和王怀女团圆的地方。当地百姓为了纪念他们，就改名叫团圆山。

六郎妙计胜辽军

北宋仁宗年间,杨六郎为元帅,驻守在代县抗辽。有一年冬天天气很冷,初冬时节就下了几场大雪,三关白茫茫一片。城中三千士兵没有棉衣,不能出阵打仗。六郎一面派人奏明朝廷,一面加紧防御。没过几天,辽军把代县围了个水泄不通。杨六郎暗暗吃惊,一面派人搬救兵一面令全城军民守城。

辽兵开始攻城了,霎时喊声一片。辽兵登上云梯向城里扑来,杨六郎和军民一起抵抗着。辽兵人多势众一时难以杀退,僵持了好几天都没有结果。辽军只得团团围住代县,想使城中粮草断绝。

一晃几天过去了,救兵还没有音讯,城中粮草供应不上,不少士兵冻死饿死。杨六郎焦急不安,再这样下去可如何是好?正在这时他看见两个士兵在井台边担水,一个刚要提桶,不想太滑就摔倒了,另一个想要拉起同伴也被带倒了。杨六郎眉头一皱,一条妙计立马出来了。他马上下令让全城军民担水往城墙上倒,不一会儿城墙上的水都结成了冰凌。随后六郎又调集了五百名弓箭手，让他们专门射击逃跑的骑兵，自己亲自集合全部兵马，准备迎击敌人。

辽兵集中所有兵力又开始攻城，四周的城墙上架满云梯，来势凶猛。谁知云梯架不牢，刚上去就滑下来了。这时弓箭手就开始射，辽兵四散逃窜，狼狈不堪。这时六郎一马当先，冲向敌阵。突然前面尘烟四起，原来是援军到了，杨六郎大喜，命大军乘势追击，配合援军一举歼灭了敌军。

河北遂城也有此传说。宋真宗咸平二年（999年），辽国又一次向宋朝发动大规模军事进攻，宋军节节失利。当时杨延昭正守卫遂城。九月初，辽军攻遂城，杨延昭等人飞书告急，请求增兵为援。河北大将傅潜胆怯不敢出，遂城遂为辽军所困。遂城城小无备，辽军攻围甚急。杨延昭虽指挥部队将他们一次又一次打退，而由于萧太后亲临城下亲自监督作战，危势并不稍减。城中人心惶惶，六郎则从容自若，让城中居民日夜护守，一直坚持到十月间。寒潮来袭气温骤降，杨延昭命城中军民打水浇灌城墙，一夜之间城墙变得又坚固又光滑，辽军攻城不下，只好绕过遂城进攻别处。这次战役结束后，杨延昭威震边关，人们把杨延昭守卫的遂城称为"铁遂城"。

"谎粮堆"的传说

在怀仁县金沙滩一带的平地川上有很多凸起的大土包,像人工堆起来的小山丘。据说这便是宋代杨六郎为了抵御敌军一夜修起来的"谎粮堆"。

相传北宋太宗皇帝在位期间,辽军隔三岔五便骚扰中原,于是派杨六郎率三军驻扎在金沙滩。朝中奸臣潘美见杨业如此英勇神武,很是嫉妒他,便心生歹意,故意不发援兵,想以此来削弱杨家势力。萧太后得知边关粮草紧缺的消息,认为有机可乘,便率大军进犯。宋军当时确实粮草紧缺,六郎十分焦虑,在营中转来转去,忽然心生一计。辽兵到了金沙滩附近,扎下营寨。远远看到的宋兵急传命各营:今夜三更,每人带铁锹一把,不准点灯笼火把,不准大声喧哗,一齐来这粮仓草场听候差遣。众将官不知杨六郎葫芦里卖的什么药,但此时又不便多问,都一一遵命执行去了。到了三更天,果然各营兵将都轻装微服,手持铁锹,悄悄来到了各粮仓草场旁。直到这时,杨六郎才传令让众兵将就地取土，堆成一个个大土堆。等土堆堆好后，再在上边包裹上苇席，并用绳子捆扎好。辽军这边，只见探子来报："大事不好，六爷打定主意和咱们干了，一黑夜运来好多粮草。"萧太后一看，大吃一惊，宋军的粮草足够数年之用，半点也没有慌乱的样子。她想到与宋军进行长久之战毫无优势，如此下去得不偿失，于是对众兵将说："杨六郎足智多谋，杨家将个个骁勇善战，军中粮草充足，士气正盛，看来宋兵运粮神速，早已做好准备。我们探兵的消息不可靠。我们还是先退兵，再等时机吧。"辽军于是退兵到了内蒙古一带。

据考证，金沙滩一带确有许多小土包山，有明显的人为堆积痕迹，但并非杨六郎留下的假粮草堆，而是古代的汉墓群，当地俗称为"谎粮堆"。

此外朔州东南方向九十公里外的山阴县张家庄乡广武村也有"谎粮堆"。当地老百姓将广武汉墓群称为"谎粮堆"。相传杨六郎当年镇守雁门关，一度粮草紧缺，辽兵探知军情，想乘机大举南侵，消息传来，杨六郎心生一计，一夜之间把三百多座墓堆圈起来，并车水马龙地假装往里搬运粮草。辽兵果然中计，认为杨六郎已调运了大批粮草，遂不敢冒进继而退兵。现在保存较完整的汉墓有二百九十八座，最高封土堆十五米左右，其余大多数是高约九米的封土堆。冢顶略呈方形，推知坟丘原为覆斗形。此处有为数更多的西汉土坑墓和东汉砖室墓遍布其间。

六郎的神箭

传说杨六郎率领众兵将,一鼓作气,杀得辽军由雁门关退到马邑滩,又由马邑滩退到担子山,萧太后不得不答应议和。双方谈判的焦点是割地赔款问题。辽使为难地说:"辽地一向贫瘠荒凉,人民生活困苦。我们向中原靠拢,就是想让我们那里百姓也能过上中原人那样富足的日子哩!如果都退回去,那我们不是还得过穷困潦倒的日子吗?别的条件样样都能答应,唯独这一条我不好回去交旨。"

从这次起,宋辽双方经过多次谈判,但都没谈出个结果来。宰相寇准提出一个议案:割地问题不做讨论,由宋军选一将士站在恒山龙山梁上射一箭,以箭插之地划界,赔款问题也以箭射出的距离而定,五百步之内赔百万,五千步之外赔十万。萧太后一听,满口答应,她想,自古神箭手也不过是百步穿杨,你的将士能射多远。双方议定之后,就一齐来到恒山龙山梁,筑起了一个高台,把一支长箭插在台上,等待一位将军来射。在千呼万唤声中,从大帐走出一位大将,他就是威震辽夏的大将杨延昭。只见他身穿一领银底青绣锁金甲,腰系一条玲珑嵌玉宝环绦,头戴银盔,足踏战靴,手拿一张丈八长弓,雄赳赳地走上高台,也不说话,面向北方,稍做调息,把长箭从地上拔起,弯弓搭箭,拉如满月,一声巨响,长箭穿云破雾,直向北方飞去,最后从当时辽邦辖区的大青山找到了这支箭,由此宋辽签订了"澶渊之盟"。辽取消了割地要求,宋朝向辽纳银十万两、绢二十万匹,两朝各守旧界。杨六郎虽英勇无敌,臂力过人,但一箭也不可能射出千里之外,原来寇准早就安排焦赞背了一支六郎箭快马飞奔,事先就插上了大青山。辽军知是上了"寇老西"的当,想把那支箭拔起来向南移,谁知这支箭神乎其神,众多将士拔了又拔,摇摇晃晃,就是拔不出来。至今,朔州还流传着这样的民谣:"脚蹬雁门关,手攀担子山,一箭射到大青山。"据说,此箭现在还插在大青山。多少人试图往出拔都没有成功。浑源龙山梁上也留下了一处地名,叫"箭杆梁"。当地还有"六郎的箭,千摇不动"的说法。那个被称为天门山的高高山岗,当地人们就把它叫作神箭台了。

杨六郎镇妖

上党地区山河雄伟,壶关桥上乡有个杨家池村,地处太行山大峡谷景区。村南是悬崖峭壁,绝壁上有个洞穴,人称女妖洞,洞究竟有多深谁也不知道。有民谣说"清化(河南博爱)丢了桶,女妖洞口等"。女妖洞原本无水,与紫团洞暗中相通。栖息在洞中的女妖,长得异常美丽,专门喜欢出洞摄取过路的男人,将他们掳到洞中,吸干精髓,把人折磨死。据说在北宋咸平年间,杨六郎挂帅,前去边关抵抗辽兵,途经壶关,在此地安营扎寨。此地百姓听说杨六郎来了,纷纷跑去报信:"杨元帅万不可在这里扎寨,对面山上有个女妖精,每天吃人肉,喝人血,非常可怕。此地原来行人很多,现在却路断人稀,杨元帅还是快走吧!"杨六郎听了,不由得怒发冲冠,拔出宝剑说:"我堂堂的大宋领兵元帅,难道还怕个小妖精不成?"当天晚上,水月观音托梦给他:"为国尽忠,为民除害,元帅本色也。"于是第二天六郎领兵杀进妖精洞。那女妖看见是大元帅来了,吓得一溜烟跑了,再也不敢出来祸害人。女妖不敢出来害人，气得号啕大哭，眼泪流到洞中，变成泉水流到洞外。杨元帅把剑插进女妖洞的石缝里，那妖精再也没敢出现，百姓过上了安居乐业的好日子。为了纪念杨六郎的镇妖功绩，杨六郎安营扎寨的地方被称为杨家池，在女妖洞洞口的上方，至今还有一道特别深的宝剑印。

  女妖洞在悬崖绝壁上，现在因旅游开发改为女娲洞，为五亿至四亿年前形成的天然石灰岩溶洞。女妖洞距离崖底有二十米。资料上讲女妖洞洞口常年往外流水，雨季洞水如柱，喷射而出，从二十米高的悬崖峭壁上跌下来，落到二十米外山坡上，涛声如雷，气势壮观。旱时水流如带，沿着裸露的岩壁流下，汇入崖底深潭，十分壮观。

七郎八虎闯幽州

话说大宋开国年间,朝中出了一个忠臣和一个奸臣。这忠臣就是大名鼎鼎的老令公杨业,奸臣就是臭名昭著的太师潘美。

杨业本是保北汉的名将,赵匡胤三下河东,知道杨业智勇双全,临终时给宋太宗留下遗言:一定要收服杨业保大宋。后来,宋太宗打败北汉,收服了老令公。谁知道这事惹得潘美非常不高兴。

原来早在大宋和北汉交战时潘美就被杨业射了一箭。潘美对这一箭之仇一直耿耿于怀。如今要与仇人同朝为官,他能高兴吗?所以潘美时时刻刻都在盘算着如何陷害杨业。

一次,宋太宗要去五台山上香还愿,杨业和潘美都保驾同行。宋太宗把五台山各处名胜看了个遍,听说还有个毒龙洞,非要去看一看,陪驾的和尚再三劝告说:"这条毒龙十分凶猛,去不得!"宋太宗不听劝告,再加上潘美的怂恿,执意要去。和尚见阻止不住,只好领他们前往毒龙洞。毒龙一见生人,忽地从洞里窜出,伤人无数，眼见得张牙舞爪要伤宋太宗，说时迟那时快，杨业背后闪出杨七郎，手起剑落，将毒龙斩死于宋太宗前面。宋太宗见此情景，龙心大悦。当即要封杨业为斩龙大将。可就在这时，从一旁钻出潘美，说："七郎斩的不是毒龙，乃我主真身，莫非杨家有篡位野心？请我主三思。"昏庸的宋太宗最怕人家谋他的江山，于是决定将杨家将押在代州水牢，等他回去再行发落。

潘美见诡计得逞，好不高兴，趁机进谗言道："听说幽州城的景致天下独一，我主何不前往赏花观景？"八千岁一听，连忙上前阻止："幽州城远在北地，去恐凶多吉少。我主一定要去，可暂免杨家之罪，让他们保驾。"潘美急了，说："有臣保驾，料然无妨。"宋太宗见他们争执不下，便下了一道圣旨："杨家保进，潘家保出；潘美为元帅，杨业为先行官。"宋太宗君臣去幽州的消息早被辽军打探得一清二楚。他们想了一条计策，差人送来一封请帖，要宋太宗进幽州城赴宴，名曰"双龙会"。宋太宗君臣接到请帖后左右为难。去吧，对方明明是没安好心；不去吧，又怕人家说大宋无能。后来还是杨业想了一条计策，让大郎假扮宋太宗前去赴宴，二郎三郎四郎五郎保驾，自己和六郎七郎保宋太宗突围。安排已定，假宋太宗从西门出去赴"双龙会"，真宋太宗由杨业父子三人保驾出东门急速逃离险境。在"双龙会"上，宋军中了辽军的埋伏，大郎、二郎当场毙命，其他人等大闹了双龙会，后见机关重重，不敢恋战，杀开一条血路冲向城门。杨三郎双手托住正在慢慢下落的城门千斤闸，掩护众人出城。被追来的辽军射中数箭之后,被千斤闸压死在城门下,四郎和八郎流落到辽国,后来在辽国被招为驸马。五郎跑到五台山上当了和尚。只剩着六郎七郎保护着杨业杀出重围,这便是有名的"七郎八虎出幽州"。据说,现在怀仁县金沙滩境内的日中城,就是当年的幽州城。

血战金沙滩

传说辽王心怀叵测,邀请宋太宗到辽营举行"双龙会",以便一网打尽宋室君臣。杨业让大郎假扮宋太宗赵光义,二郎延定、三郎延安、四郎延辉、五郎延德、八郎延顺随行保护。自己带六郎延昭、七郎延嗣保护宋太宗突围。双龙会上,大郎用袖箭射死了辽国天庆王,伏兵四起。一场混战终因寡不敌众而失败。四郎、八郎被擒,五郎心灰意冷跑到五台山当了和尚,大郎、二郎、三郎全都战死。其中三郎死得最惨,在芨芨草滩被乱马踏成肉泥,芨芨草滩就是金沙滩西三里处盐丰营村那片草滩。直到今天,那里的草都长得异常丰茂,老人们说是因为有三郎的碧血浇灌。

再说六郎在前开路,杨业和七郎断后,父子三人拼力死战,保着宋太宗突出重围。六郎闯出幽州,回头一看,不见了杨业和七郎。六郎将宋太宗安置妥当,反身杀进重围去寻找父亲和兄弟,三人被围在重围中。辽军向金沙滩涌来,七郎奉父命突围到雁门关去搬救兵,潘美用酒将七郎灌醉,绑在一棵松树上,令军士乱箭射死，不料七郎有避箭的绝技，军士们累酸了膀子，都射不到他。这时，晴天响雷不止，七郎寻思，俗话说："天鼓响，收大将。"莫非是我的寿数尽了吗？他长叹一声对潘美说："既然天不开眼，你把我的眼睛蒙住再射吧。"于是蒙上眼睛又射了一百单八箭，才把七郎射死。七郎身后的老松树，也被洞穿而死。据说，这棵老松树是树王，它死后这座山上其他草木也都枯萎而死。杨业和六郎不见七郎回转，得梦知道延嗣遇难，杨业又命六郎回朝求救，最后头撞李陵碑自尽。

潘美与王侁在陈家峪口按兵不动，观望等待。王侁派人登托逻台（今朔州西南山上）瞭望。见没什么动静，以为辽军败走了，想争着立功，领兵早早离开了陈家峪口，潘美见王侁军队离开，也以"不能制止"为借口离开，带部队顺着灰河（今天恢河）后撤了二十里。之后听说杨业兵败，不但不派兵支援，反而退兵。杨业率领部下浴血奋战，从白天打到黄昏，退到陈家峪以后，连一个宋兵的影子都没有。杨业气得不行，只得率少数官兵与辽军决一死战。当时只有一百多名官兵，他本人身上也有十几处伤。就对部下说，你们都有父母妻子，白白跟我一起死没有用。不如及早逃走，报告皇上。众人感动得痛哭不止，不肯离去，最后都战死疆场了。杨业最后绝食三日而死。死后宋太宗追封他为太尉和大同节度使。潘美、王侁、刘文裕等都受到了惩罚。

杨业头撞李陵碑

在怀仁县金沙滩的西边,有座小山岭叫两狼山,山下有块有名的石碑,叫李陵碑。

相传北宋主帅潘美不懂打仗,是个心胸狭窄的奸臣,他指挥失误导致宋军大败。潘美想推卸责任,他眉头一皱,计上心来,想了一条嫁祸杨业的计谋。

这天,辽兵又来攻打,潘美命杨业继续北上,杨业不知道是陷阱,当他率兵攻进陈家峪口时,被辽兵重重包围,终因寡不敌众,被辽兵俘虏了。辽国想劝降他,就把他软禁在两狼山下。

一天夜里杨业心中烦闷,走出帐篷,想起和众将士商量国事的情景,不由得心生悲凉。忽然听得外边有响动,看见一个人提着饭盒过来,以为是辽兵送吃的来了,于是大声斥责:"快把那猪狗饭拿回去,我杨业是大宋将官,饿死了也不吃你们的饭!"听见呵斥声,来人不仅没走,反而跪下了,低声说道:"爹爹,知道您几天几夜没吃东西了,不孝儿来迟了。"

杨业回头一看,是四子杨延辉,不禁又惊又喜。原以为儿子已经战死金沙滩,想不到现在还活着。可是从两狼山到雁门关,都是辽兵把守,儿子如何能来到自己跟前呢?忙说:"我儿起来说话,你如何知道为父被囚禁在此地?"原来杨延辉在金沙滩被俘之后,改名木易,已被辽国招为驸马。得知父亲被囚禁,假装以劝降为名来探望父亲。见父亲询问,杨延辉不敢直说,只说是在辽营中当了一名普通士兵,暂时安身。劝父亲保重身体,把饭吃了。

杨业一听这话,大怒:"畜生,我杨家是堂堂大宋之臣,忠君报国是我杨家家训。你这贪生怕死的小人,还有何面目来见我?快给我滚!"杨业猛地一掌,把饭盒打翻在地,狠狠踢了杨延辉一脚,转过身再不理他。杨延辉羞愧地走了。

四郎走后,杨业在此地迷了路,遇到一位牧羊人便问这是何地,牧羊人回答此处是两狼山,前面不远处有个村子叫马道头。杨业听罢,不由得长叹一声,自言自语说道:"羊入狼口,马到绝路,天亡我矣!"于是跳下马来,准备自刎而死。忽然看见不远处有一座石碑,正是匈奴为悼念李陵而立的石碑。杨业厌恶李陵没有骨气,想到苏武在外十九年拒不投降,终于回到汉朝,流芳百世。不由得想到自己,求生不得,不如以死报效大宋君民。想到这里,杨业整整衣服,向南拜了三拜,然后一头撞在李陵碑上。

杨业撞死后,在石碑上留下一片圆圆的血痕,日积月累,越来越像一面明镜。人们都说是玉皇大帝受到感动,把李陵碑化为明镜，照耀着杨业的赤胆忠心。杨业兵败被俘处在山西怀仁西北十公里峪口。传说中确有一石碑，但碑上未刻"李陵碑"三个大字。《怀仁县志》载此碑名为透玲碑，乃为一嫠妇修桥所立，俗讹称为李陵碑。20世纪60年代修筑左沙公路时被毁。

穆桂英大破天门阵

代县的峨峰山上,有个穆桂英洞,据说是储存武器和粮食用的。在洞外有块长方形巨石,名叫旗礅石,是用来插旗杆用的。在离穆桂英洞不远处就是穆柯寨,这寨子里住着穆桂英的娘家人。穆桂英的父亲叫穆羽,也叫穆洪,一身好武艺,自称山大王。

那时候宋辽经常狼烟不息,战争不断。咸平元年(998年)在雁门关外发生了一次激烈而神奇的战争,那就是"天门阵大战"。这天门阵是辽国特选精兵良将布下的奇阵。这阵法好生厉害,阵中有阵,险象环生。如果不懂破法,误入阵中,就是千军万马也无生还的希望。为此事,镇守三关的杨六郎急得寝食难安,一筹莫展,只好让儿子杨宗保到五台山去请杨五郎下山共商破敌良策。

杨宗保带着孟良、焦赞二将火速上了五台山。见到杨五郎说明来意后,杨五郎二话不说,提上板斧准备下山。但他一看斧柄有些松动,说:"我这斧柄坏了,快去穆柯寨讨根降龙木来。"杨宗保也未多言语,只好带上孟良、焦赞匆匆上了穆柯寨。正巧,穆桂英看见他们到来，问有何事。杨宗保说："讨根降龙木。"穆桂英说："降龙木本是我家镇寨之宝，要也容易，要看我手中的枪依呀不依？"孟良、焦赞本是性急之人，听了穆桂英的话很是气恼。孟良大喝道："休得胡言，快把降龙木送来。"穆桂英也怒道："好大胆，敢在奶奶门前耍赖，看枪！"说着二人就绞在一块。足足斗了二十余回合，杨宗保看得仔细，知道孟良不是穆桂英的对手，于是大叫道："孟将军休战，我来拿她！"说着策马挥枪直取穆桂英。穆桂英看见杨宗保面皮白净，浓眉大眼，一身武将装饰，确是一个英俊儿男，于是嘻嘻一笑说："哪里的顽童敢与我交手？"杨宗保也不答话，举枪直刺穆桂英，穆桂英看到杨宗保要动真的，一时火起，她眼疾手快左手抓住杨宗保的枪头，手腕一抖，将杨宗保连枪带人拽下马来。很快将杨宗保绑了，押上山寨。孟良、焦赞二人一看势头不好，火速上了雁门关，向杨六郎把此事实告其详。杨六郎带了些随从匆匆上了穆柯寨，穆桂英面对杨六郎毫无惧色，只是嘻嘻笑着说："来吧，战百余回合再走，让小女子也学些本事。"说着二人就打斗起来，直战到二十余回合，穆桂英卖个破绽向山坡上急驰。杨六郎不知是计，策马追来。穆桂英猛一收缰，顺势将杨六郎生擒过来，横放在马上。此时，杨宗保急坏了，不由得大喊道："快放下，哪有儿媳抱公爹的。"穆桂英听了，满脸羞红，急忙将杨六郎推下马来。

说到此处，这里还有一段插曲。杨宗保被穆桂英绑上山后，穆桂英看到杨宗保一表人才，心里甚是爱慕，得知杨宗保又是名门之后,也无妻室,于是软硬兼施,强迫杨宗保与自己结为伉俪。难怪杨宗保在情急之下,说了实话,警告穆桂英你怀中抱的正是你的公爹。

杨六郎回到元帅府,心里活像打破五味瓶。这个不争气的宗保,让你去请五伯下山破天门阵,你却招了亲。自己还让儿媳捉了俘虏擒在怀中。受此羞辱,杨六郎真是气不打一处来。他急忙传令下去,将杨宗保绑赴刑场,准备开斩。杨六郎斩子的消息传出后,惊动了四邻,大家都来说情。但谁说也不行,就是佘太君、八贤王出面都不给面子,只等穆桂英下山说情才把事情摆平。

杨六郎不愧是将帅之才,他对穆桂英的武艺是领教过了,破天门阵的重任,非她莫属,于是才想出斩子招英雄的绝招。

穆桂英成了杨六郎的儿媳后,大显神威。她武艺高强,用兵灵活,战术机动,集中优势兵力把天门阵攻破一百零七阵,只有最后一阵——迷魂阵,实难破击。此时,杨五郎将斧柄换上降龙木,点起五百僧兵,个个手执利器,喊声震天,一鼓作气,直捣迷魂阵中。刹那间,迷魂阵被破,阵内外一片混乱。穆桂英冲锋陷阵,身后几千军士蜂拥而上,把迷魂大阵打了个七零八落。

穆桂英山的由来

穆桂英山在恒山主峰天峰岭的西南,今浑源和繁峙两县交界的地方。

古时候浑源叫浑州,由于浑河经常发洪水,所以也叫洪州。如今的戏曲故事《战洪州》实际就发生在浑源。正是真宗坐天下时,有个总兵镇守浑州,这个总兵是个有勇无谋的蠢货,在辽帅萧天佐攻打浑州前,穆桂英就曾向他建议,说辽兵多,又值锐气正盛之时,只宜坚守,不宜迎战。为了避免孤军作战,还应将辽兵攻打浑州的事立即报知三关统帅杨延昭。谁知这个总兵仗着自身武艺,一味意气用事,不仅不听穆桂英的良言相劝,反说穆桂英一女流之辈目光短浅。结果他坚持出兵迎战,不仅全军覆没,自己也落了个战死疆场的下场。

萧天佐占领浑州后,一直想攻打恒山脚下的穆柯寨。但不管萧天佐如何挑战,穆桂英高挂免战牌就是不出战。这天,萧天佐又派手下一员大将去攻打穆柯寨。辽营兵将趾高气扬地涌向穆柯寨前，又是喊叫，又是辱骂，从天刚明一直折腾到晌午。人们有些乏了，正想歇息，忽听寨中响起阵阵鼓声，鼓声中穆桂英率领寨卒从寨门中冲杀出来。

辽营兵将由不得大惊失色，但一细看，只见穆桂英率领的众寨卒都是一些老弱病残之人，衣冠不整不说，有的走路还东摇西摆。见这阵势，辽营兵将禁不住哈哈大笑起来。辽将大声喊："穆桂英，谅你一山寨草寇，如何能抵挡住辽营天兵！赶快下马受降，待我禀报萧主帅替你请赏，少不了你的荣华富贵！"

穆桂英也不答话，在战鼓声中，催马飞来照着辽将就是一枪。辽将勃然大怒，吼叫着舞动大砍刀同穆桂英厮杀起来。只二十多个回合，穆桂英招式渐渐慢了下来，而辽将却越杀越勇。这时，忽见穆桂英虚晃一枪，拍马回身便走。辽将怒声吼叫："哪里走，留下命来！"拍马就追。众辽兵见主将已把穆桂英打败，呐喊着也冲杀了过去。穆桂英在前边跑，辽营众将在后边紧紧追赶，追着追着，来到了一座小山峰之前。山虽小地形却十分险恶，山路窄狭不时有怪石挡道。辽将这时似乎醒悟了过来，勒马停下刚要命令众兵将停止前进，四旁忽然响起战鼓声声，只见穆柯寨精兵良卒在怪石树丛后边跃身而起，刀枪一片，喊杀声震天，把辽营众兵将给围了个水泄不通。辽营众兵将这下可慌了手脚，纷纷想四散逃命。穆桂英策马过去，趁辽将惊魂未定之际，银枪一闪，一个白蛇吐信，辽将应声倒在马下。众辽兵见主将已死，慌急如丧家之犬，死的死，伤的伤，降的降。穆桂英大获全胜。

从此以后，萧天佐再也不敢小看穆桂英。穆柯寨虽然近在浑州咫尺，但萧天佐再也不敢去攻打穆柯寨了。人们怀念智勇双全的杨门女将穆桂英，不知从何年何月起，便把这个小小山头叫成了穆桂英山。在几百里恒山的万千个山头中虽然山势不显眼，却是挺有名气的。直到今天，人们还把这个山头叫穆桂英山。

穆桂英带孕胜辽军

北宋元帅杨六郎为了打败辽军进攻，收复失地，率兵出了雁门关，向云州进发，但途中的洪州城被辽军占领，挡住了去路。杨六郎命令杨宗保和穆桂英去收复洪州城。

侵占洪州城的将领萧天佐武艺高强，根本不把杨宗保和穆桂英放在眼里。二人来到洪州城下，穆桂英拍了一下马，冲到前头，对杨宗保说："郎君，看为妻今日立功吧！"杨宗保看着妻子沉重的身体，忙跃马追上前去说："贤妻，你身怀有孕，这万万使不得啊！"

正在这时，忽听得城内三声炮响，城门大开，萧天佐骑着高头大马就杀过来了，穆桂英一夹马肚，马朝前一跃就冲上去了，急得杨宗保在后边直喊。穆桂英见了萧天佐也不答话，举枪就刺。萧天佐挥刀相迎，二马交织战了两百多个回合。萧天佐渐渐支持不住，刀法也慢下来了，穆桂英却越战越勇。杨宗保在一旁助阵，命人擂鼓呐喊。

就在宋军欢呼助威中,忽然萧天佐调转马头往回跑,穆桂英在后边紧追不舍。一直跑到李峪村东边的平坝上,猛然从萧天佐身上飞过一道黑光,朝穆桂英头上飞去,穆桂英啊的一声,落下马来。原来萧天佐身上藏着暗器,叫杀手锤,幸亏穆桂英早有防备,在杀手锤擦身而过的时候,闪身躲过,但还是擦到了肩膀,疼得从马上掉下来了。

萧天佐哈哈大笑:"穆桂英,想不到你今天竟然败在我手下,看刀!"萧天佐刀光一闪,朝穆桂英劈过来,这个时候身后的杨宗保觉得眼前一黑,险些跌下马来,可当他再睁眼一看,却见萧天佐已死在马下,穆桂英身边传来哇哇的婴儿哭声。

原来穆桂英跌下马时,动了胎气,下腹疼痛,加上肩膀疼痛,满身出汗。当萧天佐挥刀砍过来的时候,她忍着疼痛,往旁边翻了个身,躲过了刀锋。趁萧天佐俯身抽刀的间隙,她一个鲤鱼打挺,用了银蛇吐信的绝招,枪尖直刺萧天佐的咽喉。萧天佐没料到这一手,躲闪不及,死在马下。就在这个时刻,穆桂英的婴儿降生了。辽营兵将见萧天佐已死,阵势大乱纷纷四散逃命。杨宗保指挥宋军一举拿下了洪州城。

杨宗英救母

杨七郎的媳妇是杜金娥,带有身孕和敌人打仗,在战场上生了个孩子。因为行军打仗没有办法养活,就丢弃在荒野中。恰巧有一个真人李天威经过,就收留了他,教他习武练兵,这孩子就是杨宗英。

有一天,杨宗英正在校场里习武,他师父从外边回来就让他下山去。杨宗英当时只有十来岁,他很惊讶,就问师父:"我拿什么兵器下山?"师父说:"就拿你平日练习的那一对小锤吧。"

杨宗英按师父的嘱咐,就带着他的小锤独自一人下山了。只见前边尘土飞扬,在空地上有两匹马,一男一女两人在激战。那男的身披斗篷,使的兵器是三股叉,凌厉威猛。那女的手拿大刀,只有招架之功,毫无还手之力。原来这男的是辽国领兵大元帅韩昌,女的就是杜金娥。眼看着杜金娥就要败在韩昌手下了,杨宗英三步并作两步赶上来,按照师父的指点,钻到韩昌的马肚子下,紧贴着马肚,使出小锤,照着韩昌的脚踝骨打去。那韩昌只顾着杜金娥，根本没注意到这个小毛孩，猛然遭到打击，四面一看，又不见人，感觉奇怪极了。正要举叉刺去，脚上又挨了一锤，这才小心起来。杜金娥趁这机会，挥刀杀来，韩昌慌得只是勉强应战。这下杜金娥在上边杀，杨宗英在下边杀，韩昌慌得六神无主，连忙抽个空子跑了，鸣金收兵。杨宗英旋即从马下钻出来。

杜金娥勒马收刀，正要拜谢这个小人儿，杨宗英已经收起他的小锤，回山上去了。

没有出嫁的八姐和九妹

传说佘太君有两个女儿,一个叫八姐,一个叫九妹,她们终身未嫁,这是怎么回事呢?

当时北宋真宗皇帝叫赵恒,成天花天酒地,寻欢作乐,不管天下百姓。一年春天,真宗在宫中玩腻了,就由奸臣刘文晋陪同,带了一些人马出了皇宫。这天正是清明节,观景的人特别多。他突然发现前面有两个女子骑着马,一个穿红一个穿绿,年纪都不过十七八。刘文晋想上前搭话,这两个女子看着形势不对,调转马头就往回走。皇帝得知后眉开眼笑,就派人去追赶两个女子。那两个女子见后边有人追赶,就快马加鞭,一路奔回家中。原来这两个女子就是八姐和九妹。

真宗皇帝赵恒本来就是好色之徒,看到两位美女却没有得手,无心游春,就打道回宫了。他命令刘文晋继续追查两位女子的下落,结果访出是杨令公的两位姑娘。真宗皇帝见色着迷,急忙派刘文晋去杨府提亲,没想到两位姑娘不但拒绝,还把刘文晋打了一顿。

真宗听了刘文晋的一番话,又看他被打成那个样子,勃然大怒,立即宣佘太君上殿。佘太君接旨后不敢怠慢,就手扶龙头拐杖进了皇宫。她指着赵恒说:"我杨家为保大宋江山,出生入死,血染沙场,皇上听信奸臣,不顾江山,不管天下,如今都欺负到我们女流之辈头上了!"刘文晋皮笑肉不笑地说:"这是皇上对你们家的恩宠,别不知好歹!"佘太君冷笑一声:"刘大人,这样的恩宠我杨家不稀罕!你不要凭着你女儿的一双绣鞋,狗仗人势!我杨家马上马下南征北战,以为大宋江山战死沙场为荣,没有做千岁娘娘的福分!"真宗皇帝猛然站起:"难道为保大宋江山,你女儿就不出嫁了吗?"这一问,佘太君更是气上加气,"万岁,女大当嫁,这是正理。我杨家之女自然是要出嫁,但是要有彩礼单。"真宗忙问要的是什么彩礼。"我要泰山那么大的一块玉,黄河那么长的一锭金;我要一两星星二两月,三两清风四两云;五两炭灰六两气,七两火苗,八两琴音;雪花晒干要九两,冰溜子烧炭我要它十斤!还要凤凰绒毛的花被面,天鹅绒毛的白手巾,蚂蚁翅膀的红大袄,蝴蝶翅膀的绿罗裙!螃蟹尾巴长虫腿,兔子犄角蛤蟆鳞,四棱子鸡蛋要八个,三搂粗牛毛要九根。"真宗一听傻眼了,问佘太君什么时候嫁女儿,佘太君知道宋真宗昏庸无能,咬咬牙一狠心说道:"八十!"结果八姐和九妹都没有活到八十,于是终身未嫁。

孟良、焦赞

大同到左云之间新高山附近有一座小土寺,当地人称为"焦赞寺"。虽经日月的风剥雨蚀,只剩残垣断壁,但关于它的传说至今广为流传。

北宋年间,朝廷大将杨业在一次与辽兵作战中,被奸贼潘美所陷,困于两狼山中,撞李陵碑而死。辽邦萧太后把杨令公的尸体劫回,藏于红羊洞内(传说在吴家窑境内)。后来,杨六郎手下的名将孟良,单枪匹马闯入辽邦,盗尸而归,葬于杨家祖陵。

幽州平定之后,一日,时值深夜,六郎正欲宽衣就寝,忽闻屋外狂风大作,并隐约有敲门之声。六郎开门一看,只见一人影立于狂风之中,细辨之,酷似其父杨业。六郎大惊,立即拜道:"大人为何在此?"杨令公顿足斥责道:"不孝逆子,我生为大宋人,死为大宋鬼,为何将我的尸体抛在异邦而不顾呢?"六郎不解,道:"爹爹,孩儿手下的大将孟良已将您的尸骨盗回,葬入祖陵了。"令公长叹一声:"唉,儿中计了,那具尸骨是假的,真尸还在辽邦境内的望乡台上,你速遣人取回,以慰为父在天之灵。"说罢便飘然而去。

第二天,六郎立即唤来孟良,说:"上次你盗回的尸骨是假的,我父的尸骨仍在幽州望乡台上,你速去取回。"孟良拜别道:"将军放心,我速去速回。这次谁要给我不便,我就送他归天。"说罢,慨然而去。

此时,恰逢焦赞入府,听到府中纷纷议论孟良取尸一事,心中很是不快,自忖道:他孟良能干的事,我焦赞为何不能干?且等我取回尸骨来,再让你们看看我焦赞并不比孟良差丝毫。于是便悄悄尾随孟良而去。

话说孟良到了幽州,骗过守夜之人,上了望乡台,正欲取尸,忽然一人揪住他的衣襟大喝道:"大胆贼人!"孟良一惊,误以为辽邦之人,猛一抡斧,朝来人头上砍去,只听啊的一声惨叫,来人气绝。孟良觉着声音非常耳熟,忙上前仔细察看,顿觉五雷轰顶。原来他杀死的正是结义兄弟焦赞。孟良悲痛欲绝,抚尸痛哭:"焦赞呀焦赞,想不到你征战一生,没死在辽兵手中,竟死在了我的斧下,你等着,我也随你去了。"哭罢,把令公的尸骨托给随从带回,便拔剑自刎在焦赞身旁。传说焦赞、孟良死后,六郎痛不欲生,派人把焦赞的尸体葬于新高山附近,并建寺塑像,以供纪念。

二

民俗与信仰

（一）民间习武

我国的陕、甘、宁、内蒙古及山西一带，"迫近羌胡，民俗修习武备，高尚勇力，鞍马骑射"，自古以来以出良将著称，有所谓"山东出相，山西出将"的谚语。山东、山西，古代是泛指太行山以东及太行山以西。其东，除山东省外，尚包括今河北、河南等地区。其西，除山西省外，还包括陕、甘、内蒙古等黄河中游诸地。就在唐末五代战乱诸侯割据的年代，这一地区成了孕育杨家将的土壤。

杨业既生于这样一个"以战射为俗"的地方和"以武力雄其一方"的家族，又长于他父亲的戎旅之中，所以自幼养成了一种武勇精神，练就了一身行兵作战的本领。

杨家代代学习武术，在战场上驰骋杀敌，这是一种在骨子里扎根的英雄情结。不只杨门虎将，杨门女将也不落后，她们苦练杨家枪，巾帼不让须眉。

在山西以北，民间也有崇尚习武的民情，不仅强身健体，还可以丰富业余生活。在古时候，农民学武也保证了战争的后备力量。

（二）祠庙祭祀

关于杨家将的祠庙很多，但祭祀活动丰富、影响民众最大的就是杨忠武祠。据祠内元代天历年间赵鹤鸣所撰碑文记载，此祠建于元天历二年（1329年），是杨业十六世孙杨怀玉奉旨建造的，至今已有近七百年的历史了。

该碑文记载，杨业的后代除留居雁门一带外，还"流布英种于川、广、淮、扬间"。杨家祠堂在各地建立的也不少。自从杨怀玉在代州鹿蹄涧建祠之后，各地杨家祠堂共同商定：每六十年集会于鹿蹄涧，叙世系，修家谱，祭祖庙，永为定例。

为缅怀先祖精忠报国的高尚情怀，鹿蹄涧村年年农历三月初九都举行村祭，年年村祭必定唱戏，唱戏必唱杨家将戏。但唱戏绝不演唱金沙滩一段，因曾在演唱过程中，风云大变，几次皆如此。后代认为是祖先不愿提起此事，便立下族规，唱戏绝不唱金沙滩一段。

改革开放之后，掀起港台人士和海外华侨回大陆寻根祭祖的热潮，规模较大的一次关于杨家将的祭祀就是在 2015 年 4 月在代县枣林镇鹿蹄涧村举行的"杨家后裔聚杨忠武祠纪念杨业公诞辰 1088 周年"活动。祭祀活动分为三个部分：恭迎族亲、敬香祭祖、传承遗风。

代县是杨家将故事的主要发生地，是杨家将战斗、生活时间最长的地方。时至今日，代县是全国保留杨家将文物遗迹和传说故事最丰富的地方。杨忠武祠，是山

杨忠武祠供奉的杨业、佘太君像

西省重点文物保护单位，杨家将满门英烈宗祭之地。祠堂所在的鹿蹄涧村是现在全国最大的杨家将后裔聚居地。

杨忠武祠始建于元朝至元十六年（1279 年），为杨业第十四代孙杨友、杨山兄弟二人奉旨修建。祠内现有杨业、佘太

君夫妇及其子孙和穆桂英等杨门女将的塑像和牌位，并以大量的文字、图片和实物等，展示了杨家将守边保国的英雄事迹和传说故事。此外，位于县城东二十五公里东留属村的杨七郎墓，是全国仅存的杨家将镇守边关留下的墓冢。位于县城东北二十公里胡峪乡盆窑村的杨六郎城，为现存最完整的杨家将戍守工事。

杨家将历史源远流长。杨业公祖籍古麟州，现属陕西省神木，先祖昔日镇守雁门关在内的三关，家属也随军而迁代县。公元986年，杨业为抗击辽军，困于现在朔州一带的两狼山，被俘后绝食三日而死。之后，以杨六郎为主的第二代人，长期镇守在大三关，即现在的河北霸州一带。杨友、杨山奉旨敕建杨忠武祠，十七世孙时任殊祥院判奏差的杨怀玉，于元顺帝至正丁未年（1367年）第一次编修族谱。

史、志、谱是中华民族文化的三大支柱。《杨氏族谱》从元顺帝至正丁未（1367年）第一次编修族谱至今已经过六百余春秋，经明万历三十五年（1607年）、清道光二十七年（1847年）、清光绪三十三年（1907年）、1983年和1999年、2015年共六次修续。2021年修族谱为第七次，其规模、世系的容纳量大于前六次，涉及全国十二个省七十余个市、三百六十余村庄，入谱人数达十一万之多。同时开创了杨门女性（媳妇、闺女）加入族谱世系行列的先例。

除了大型的祖庙祭祀活动，还在杨忠武祠文体广场举行民间文艺汇演活动。代县枣林镇第二届群众文艺活动汇演在杨家将的第二故乡鹿蹄涧村杨忠武祠文体广场隆重举行。尤其是杨家将出征战鼓表演更把热心观众带入当年杨家将驰骋疆场、浴血奋战的情境之中。

（三）以杨家将战地命名

从杨家将所留的历史遗迹就可以看出，后人为表达对杨家一门的缅怀之情，以他们的忠勇事迹和进行过壮烈战斗的战役来命名生养他们的一方水土。

这种以杨家将战地命名的方式在北宋时代就开始了。当时，就连契丹人都对杨业很敬畏，他"杨无敌"的赫赫大名也让契丹人心生崇拜，现在北京昌平区的杨无敌庙就是契丹人修建的。对此现象，北宋大家苏辙描写为"驰驱本为中原用，尝享能令异域尊"。

关于杨家将题材的戏剧早在南宋的时候就产生了，当时经济重心南移，所以在江浙一带南戏盛行。于是就产生了有关杨家将的杂剧，歌颂杨家将世代保国的事迹。元杂剧中保留下来的杨家将戏剧有《谢金吾诈拆清风府》《昊天塔孟良盗骨》《八大王开诏救忠臣》《杨六郎私下三关》《杨六郎调兵破天阵》等。明、清以后有关杨家将的戏剧越来越多，特别是鸦片战争以后达到了高潮。

现存关于杨家将的著作最早的是明朝万历年间的《北宋志传》和《杨家府演义》，后代的评书多是以这两本书为蓝本加以改编而成的。现存记载杨家将传说篇幅最大的作品是《杨家将九代英雄传》，叙述了从杨衮开始，杨业、杨六郎、杨宗保、杨文广、杨怀玉、杨士瀚、杨金豹一直到杨满堂共计九代杨家将的故事。

杨家将的传说被不断地演绎，在加工过程中，人物形象不断丰满且具有时代的印记。杨家将的文化就是这样在民间被广泛传播，越来越多的是寄予普通人愿望的家喻户晓的故事了。

在这种文化直接或间接影响下，全国各地逐渐出现了许许多多的与杨家将戏剧、传说有关的地名。如山西、河北、河南、天津、北京、山东等地的李陵碑、杨驸马庄、天门阵、穆柯寨（《杨家府演义》称木阁寨）、潘杨湖、骂六郎、产子河等地名，明显可以看出是由杨家将戏剧和民间传说附会而产生的。

许多超越杨家将历史活动区域的地名多系民间在建立村落时，根据自己的想象和意愿将熟悉的戏剧、传说故事附会于周边地理产生，又经过世代相传，越传越广泛。如山东沂水县的杨家将系列地名、陕南商洛山分布的与杨家将有关的地名、庙宇等，前者是对戏剧《大破天门阵》中地名的改编附会，后者的杨四郎庙是对南宋治水有功的杨从仪杨泗将军庙传说的讹变。柞水县磨沟峡垴的晒裙岭，当地传说是杨八姐率兵在此跟敌人打仗，忽然阴云密布，骤下暴雨，击溃敌军后，雨过天晴，她便消闲地在岭上晾晒被打湿的裙子，故名"晒裙岭"。实际可能是原名"赛鹤岭"

的音转以后附会上的传说。福建各地的杨家将相关地名也是小说地名的反映。各地的类似地名，虽然无法详细考证其来源，但依据史实基本可以推测，也是杨家将文化在地理上的附会。

首先，历史军事活动区军事文化的扩散对地名的影响。杨家将文化的精髓在于其抗击外敌入侵中的英勇事迹。北宋以后，尤其在中原汉族和西北游牧民族矛盾尖锐的明朝时期，政府为激励士气，鼓励将士效法先贤，在民族战争前线的驻军地建立庙宇，把边关军营、堡、寨等用杨家将人物命名，并附会上杨家将的传说。如浙江湖州独松关的上马山是南宋时期抗元战争的古战场，和传说的佘太君在此上马杀敌无关。明代朝廷在倒马关城西的马圈山修建"六郎碑"，上书"宋将杨六郎拒守之处"。现在河北唐县倒马关仍保存有三通古碑。在边境地区甚至把杨家将神化，附会于地理。因为中国历史上的主要民族战争是中原农耕民族和北方游牧民族在长城一线展开的，所以宁夏青铜峡市的点将台、山西偏关县的老营堡、河北宣化的六郎城等甘、宁、陕、晋、冀北部沿长城一带杨家将地名多属于此类。

其次，杨家将后裔迁徙，祭祖文化扩散对地名的影响。宋代以后，因为躲避战乱、异地做官等原因，杨氏后人逐渐散居到各地，包括现在台湾在内的全国众多省市，都有杨氏后人居住。这些杨氏后人也把杨家将文化传播到迁徙地。为了纪念前辈英雄业绩，光耀门庭，杨氏后人多在当地建庙立祠，或用先祖的英名为当地山水命名，以表达对先祖的追思。始建于元至元十六年（1279

年）山西代县鹿蹄涧村的杨氏宗祠，就是杨氏后人杨友迁居此地时修建，现在原平、代县一带的杨氏族人，多是杨业后人。

广州市郊帽峰山下的石船村居民皆姓杨，以前村里建有杨五爷庙，传说杨五郎在此成仙。上海静安区大宁街道的杨湖宅，是杨家将的后代由河北避难迁此所得名。广西灵川县的四郎墓、点将台等地名附近的村庄也多是杨姓居民，并自称是杨家将的后代。黔北遵义市的"六郎城"估计也和宋代杨家将后人杨贵迁过继播州土司杨昭有关。

光绪《遵义府志》载："昭无子，充广辍贵迁为之后，自是守播者，皆业之子孙也。"杨氏后人在湘西、黔北、桂北分布最多，如分布在湘黔桂渝边区的"飞山杨"，又称靖州杨，虽然和山西杨家将不是同宗，但当地人认为自己是杨家将后裔。建于清道光年间的湘西凤凰城杨家祠堂也悬挂着"威震三关"的匾额。虽然杨氏后人在全国的分布无法详细考察，但江淮以南的杨家将地名有许多是和杨氏后人迁居于此有关。

经过几百年的历史沉淀，这些地名形成了一道蔚为大观的文化地名景观线。由于年代久远，这些文化地名深入人心，连方志和一些正史也真假难辨。如有关记载传说中杨延昭的部将孟良的地名，《代州志》载"崞县阳武峪（阳武村）有六郎寨，部将孟良，焦赞同守焉"；《宁武府志》载"玄岗（轩岗，崞县西山八十里）口有孟良城"；《乾隆一统志》载"忻州（山西忻县）西北七十里有孟良城"；《定州志》载"嘉河自嘉山来，俗呼孟良河，又名七里沟""定州南关有孟良桥,在孟良河上;河源出嘉山,山顶有孟良寨,下瞰孟良河";顾炎武《天下郡国利病书》载"孟良寨在广昌(广灵)县东三十里,前宋孟良守此,故名"。

杨家将多次转战雁北,传说中的大战金沙滩,就在今怀仁县。怀仁县还有两狼山,山腰有李陵碑,山上有存放杨业尸骨的"寄骨寺"。穆桂英大战洪州,传说为浑源城。还有许多汉墓群,是杨家将迷惑辽军的"谎粮堆"。至于六郎寨、穆桂英坡等就有多处。这些传说和地名并非真实,但反映了广大人民对杨家将的怀念和颂扬。

在杨家父子横戈立马的雁门关以北,各民族人民对杨家将的故事津津乐道,附会了很多历史以外的演义,有的甚至化成了地名。

三

文献与古迹

（一）杨家将传说的相关文献记载

杨家将传说在民间流传至今，丰富着民众的生活。追根溯源，历史文献中有大量相关的文字记载。可以分为史书、地方志、小说、演义、戏剧、诗歌几类。

根据史书的朝代可以分为：宋代的《隆平集》《元丰类稿》《资治通鉴》《续资治通鉴长编》《新五代史》《太平广记》《皇宋十朝纲要》《东都事略》；元代的《辽史》《宋史》；清代的《读史方舆纪要》《通鉴辑览》《十国春秋》，等等。

在古代中国的地理名著《水经注》中，地理志史《太平寰宇记》中也有杨家将相关地理位置的描述。厉鹗的《辽史拾遗卷》中记载着辽代历史上与杨家将发生的故事。

在地方志中，例如有详细记载的《雍正朔州志》、光绪年间的《岢岚州志》《山西通志》《保德州志》等。

在小说中，以明代熊大木的《北宋志传》、纪振伦的《杨家府演义》影响最大，清、民国期间又有《北宋金枪全传》《平闽十八洞》《两狼山》等。《中国小说史料》杨家将篇，也以小说的形式趣味地记载了相关故事。

在演义中，最早系统叙述杨门女将故事的是明代小说《杨家府演义》，全称《新编全像杨家府世代忠勇演义志传》。

收录到《20世纪宋史研究论著目录》中关于杨家将的历史论文、论著不下百篇，其中以余嘉锡先生的《杨家将故事考信录》和常征的《杨家将史事考》影响较大。

戏剧方面的相关文献也很多，如骆承烈的《杨家将与杨家将戏》等。杨家将戏剧是中国传统武戏的重要内容，从宋话本、金院本、元代杂剧开始，杨家将故事的剧目越来越丰富，现大量存于京剧、晋剧、豫剧、扬剧等各种地方剧种中，如《李陵碑》《七郎八虎闯幽州》《金沙滩》《穆桂英挂帅》《四郎探母》《天门阵》《三关排筵》《孟良盗骨》《十二寡妇征西》等。

关于杨家将的事迹除正史和诗歌、笔记有相关记载外，以文学的形式也在广泛传播。其中，北宋时期，民间百姓用口头文学来表达对杨业、杨延昭等忠烈的颂扬之情。

欧阳修在《供备库副使杨君墓志铭》中载："……继业、延昭父子皆名将，其智勇号称无敌。至今天下之士至于里儿野竖，皆能道之。"

宋朝之后，杨家将故事在正史和民间故事的基础上，人们演绎编纂成为小说、演义、剧本等。

杨家将是指我国北宋前期以杨业为首的杨氏一门。他们戍守北疆、精忠报国,血洒疆场,为后人所爱戴敬仰。杨家将不仅仅包括男性,也包括一大批女性。以下按类分述其文献相关记载。

杨家将第一代——杨业的相关文献记载

杨业(约932—986),是北宋一个赫赫有名的大将军。他的祖籍是北宋时麟州新秦,即今天的陕西神木。

关于他的出生地,在宋代曾巩的《隆平集》中记载有"杨邺,或曰继邺,麟州人"。在《宋史》中的《杨业传》这样记载:"杨业,并州太原人。"

时势造英雄,杨业的一生都与战争分不开。

杨业画像

因战少为人质

杨业在年少时就被父亲杨信送到北汉做人质了。处在五代十国那样一个政权割据、一片动乱的年代,北汉是十国中的一国。

司马光的《资治通鉴》中记载有"麟州土豪杨信,自为刺史",杨业的父亲杨信当时自己率领家族力量攻占了麟州,占山为王。为了取得后汉皇帝的信任,依照古代把长子作为人质的惯例,就把杨业送到后汉了。《续资治通鉴长编》四库馆重编本记载有"继业，本名重贵，姓杨氏，重勋之兄，幼事北汉世祖，遂更赐以姓名"。

杨业到了中原后汉生活，跟着一个大将刘崇。

在《宋史·列传》中记载有"弱冠事刘崇，为保卫指挥史"。不幸的是后汉皇帝不久驾崩，政权旁落。所以杨业就再一次跟着大将刘崇建立了一个小国北汉。

这样，杨业为北汉效忠了二十九年。因为北汉是一个小国，所以刘崇又选择了一个投靠对象契丹。

因战中年降宋

公元960年，赵匡胤建立了北宋，而北汉成为了中原统一的第一个攻击对象。于是，杨业又开始了与北宋的抗战。在公元979年，宋太宗率宋军第二次进攻北汉。此时北汉皇帝刘崇已故，在位的是刘继元。在《宋史·列传》中记载"既而孤垒甚危，业劝其主继元降，以保生聚"，杨业降宋，北汉灭亡。

杨业为什么主动提出劝北汉皇帝投降呢？在十年之前，赵匡胤刚即位不久就率兵攻打过一次北汉，在那次战争中杨业与宋军相当于平手，杨业奋力保住了北汉。杨业甚至挡住了赵匡胤的"灌城计"，这次战争发生在太原城。赵匡胤用了毒计"灌城计"，用大水淹没这座城。引自哪里的水呢？据说是汾河水。

所以杨业对北汉的忠心是毋庸置疑的。一个铁骨铮铮的大将，为了保全效忠的皇帝、保全北汉的众生，决心投降。

因战博取信任

在宋太宗太平兴国四年（979年），北汉灭亡，杨业降宋。就像杨业年少做人质一样，作为敌国的一名降将，很难获得皇帝以及大臣的信任。这种怀疑的眼光，处处设防的心态，也让杨业如鲠在喉。

这种状态的第一次转机是在辽军进犯时。当时宋太宗处于被胜利的欲望膨胀时期，一心想要进攻辽国，收复燕云十六州，但在幽州大战中惨败。

于是，他想到了杨业，在《通鉴续编》中记载"以其老于边事，拜代州刺史"。但是只是任命他为大将，而主帅是潘美。

在《元丰类稿》中记载"太宗既平太原，以潘美守之，隳旧州，迁于榆次，又命美镇三交，三交在城北二百里，地号故军，戎人多由此寇，美率师袭之，迁并州于三交，以美为帅焉"。可见，杨业是要听命于潘美的。

《太原府志》记载：三交城，府北五十里。《读史方舆纪要》记载：河东有地名三交，契丹所保，多由此入寇。太平兴国中，诏潘美屯三交口，潜师拔之，美积粟屯兵，寇不敢犯。

《文献通考》自注引《职略》云："总管，旧曰部署，因庙讳改焉。"英宗讳曙。

《续资治通鉴长编》卷二十记载："十一月，上以郑州防御使杨业老于边事，洞晓敌情。癸巳，命业知代州。"

在此次战役中，杨业证明了自己的战斗力和效忠大宋的决心。

代州边靖楼

当年冬天,他就修建了兵寨来防御辽军的进攻。这些兵寨就分布在当时代州的东北至西南,代州即今天的代县。这六个边寨分别是:大石寨、茹越寨、胡谷寨、西陉寨、崞寨、阳武寨。太平兴国五年、六年,杨业又修建以下三寨:楼板寨、土镫寨、石跌寨。太平兴国四至八年间,杨业还修有一寨,那就是雁门寨。

以上各寨分布在代州东北至西南,据《武经总要》载代州之东尚有瓶形、梅回、麻谷、义兴四寨,这十几个寨堵住了通往契丹蔚、应、寰、朔的大小通道四十五个,形成了进可攻退可守的城寨网。包拯说:"先朝义骁将杨业守代州,创筑州垒,至今赖之。"

此外,忻州的云内寨、忻口寨也是太平兴国时建的,这构成了太原前线的第二道防线。

杨业牺牲后，契丹多次攻打代州，新任知州张齐贤于代州城下迎战敌人，又在土墱寨邀击，大败辽军，俘其北大王子一人。辽军多次南下，均未得手，这固然由于张齐贤用兵有方，也与杨业修建边寨有关。

　　第二次转机是在契丹进犯时。

　　在《续资治通鉴长编》有记载："太平兴国五年，三月癸巳，潘美言自三交口巡抚至代州，会敌十万众侵雁门，令杨业领麾下数百骑，自西陉出，由小陉至雁门北口，南向与美合击之，敌众大败，杀其节度使驸马侍中萧咄李（咄李今本改译作多罗），生擒马步军都指挥使李重诲，获铠甲革马甚众。"在此次战争中，杨业以三千对三万，大败敌军，这显示了他的军事智谋的出神入化。

　　在《宋史·列传》记载"业不知书，忠烈勇武，有智谋"，他用了陷马坑、拒马枪、地涩，还有塞门刀车等。当然，敌军的猛火油柜也是不可小觑的。

　　这次雁门关大捷，不同的人有不同的态度。在《杨家将研究》中记载"以功迁云州观察使，仍判郑州代州，自是契丹望见业旌旗，即引去。主将戍边者多忌之，有上谤书，拆言其短。帝览之皆不问，封其奏以付业"。云州，在今山西大同市云州区，石晋时已割入契丹。此遥领耳。

　　《新唐书·百官志》记载："开元二十年，采访处置使分十五道，乾元元年，改曰观察处置使。"

　　《职官典》记载："判者云判某官事，知者云知某官事，皆是诏除而非正命。"

《续资治通鉴长编》记载:"十二月丁丑,以郑州防御使杨业,领云州以观察使,仍判郑州,知代州。"

可见,对于契丹人而言,杨业"杨无敌"的威名让人望而生畏;对于宋军其他大将而言,杨业让他们心生嫉妒和排挤;对于皇帝而言,则是不理会大臣们的诽谤,给予封赏。

为战以死明志

众将对于杨业的嫉妒和排挤,再加上宋皇帝的不完全信任态度,杨业的处境进退两难。他选择撞向李陵碑,以死明志。

这要从公元980年说起,宋太宗决定分三路军讨伐辽。三路军分别由潘美和杨业率领一路,曹彬率领一路,田重进率领一路。

《太宗本纪》记载:"雍熙三年,正月己丑,知雄州贺令图等,请伐契丹,取燕蓟故地。庚寅,北伐,二月壬子,以检校太师忠武军节度使潘美为云、应、朔等州都部署,云州观察使杨业副之,出雁门。诸军连拔云、应、寰、朔等州,师次桑干河,会曹彬之师不利,诸路班师,美等归代州。"曹彬率领的东路军大败,辽军占领了寰州。

《续资治通鉴长编》记载:"八月,初徙云、朔、寰、应四州民,诏潘美、杨业以所部兵护送之。"杨业和潘美等大将就怎么护送四州民众产生了分歧,监军王侁主张直接向雁门攻进,与辽军正面交锋。杨业不主张硬碰硬,认为采用迂回战术较好。

《宋史·杨业传》记载:"今辽兵益盛,不可与战。朝廷止令取数州之民，但领兵出大石路。先遣人密告，云，朔州守将，俟大军离代州日，令云州之众先出。我师次应州，契丹必来拒。即令朔州民出城，直入石碣谷，遣强弩千人列于谷口，以骑士援于中路，则三州之众，保万全于矣。"

因为拗不过监军王侁的固执己见，杨业独自前往雁门与辽对抗，只是在临走时叮嘱他的军队坚守不住整个战役，让潘美的援军务必在陈家谷口进行救援。只是潘美、王侁前去陈家谷口救援，等了几个时辰不见人影，就猜测杨业可能已经击溃敌军，于是撤军回去抢功。

《杨家将研究》中记载："美即与侁领麾下兵阵于谷口，自寅至巳，侁使人登托逻台望之，以为契丹败走，欲争其功，即领兵离谷口，美不能制，乃缘交河西南行二十里。俄闻业败，即麾兵却走。"

在途中得知杨业被围攻的消息，而此时的杨业孤身杀出一条血路，在陈家谷口见不到援军，痛心疾首，选择与战士同归于尽。"业力战，自午至暮，果至谷口，望见无人，即拊膺大恸，再率帐下士力战，身被数十创，士卒殆尽，业犹手刃数十百人，马重伤不能进，遂为契丹所擒，其子延玉亦没焉。"

关于杨业的死，文献中有以下几种不同的记录。

《宋史·太宗本纪》记载："杨业护送迁民遇之，苦战力尽，为所擒，守节而死。"

《方舆纪要》记载："宋雍熙三年，杨业自应州石硖路趋朔州，与护军王侁等期会于陈家谷口,既而业与契丹耶律斜轸战败,趋狼牙村。侁不得业报,登托逻台望无所见,以为契丹败退,欲争其功,领兵离谷口,缘交河西南而进,行二十里,闻业败,即却走。业转战至暮,至谷口托逻台死焉。狼牙村,或曰即今朔州西南十八里之洪崖村。"

《萧挞凛传》记载:"统和四年,宋杨业率兵由代州来侵,攻陷城邑,挞凛以诸军都部署从枢密使耶律斜轸败之,擒继业于朔州。"

《考异》云:"杨业之死诸书月日不同。"

厉鹗《辽史拾遗卷》记载:"古北口城北门外,有宋杨业祠,业以雍熙中为云中观察使,契丹陷寰州,遇于雁门北陈家谷口,力战不支被擒,不食三日死,忠矣。"

杨业死后,朝廷给予杨家以慰藉。业既殁,朝廷录其子供奉官延朗为崇仪副使,次子殿直延浦、延训,并为供奉官,延瑰、延贵、延彬,并为殿直。

庆历三年诏书记载:"荫长子孙,皆不限年,诸子孙须年过十五。"此制疑早已有之。业死时延彬年盖尚幼,故赠官诏书中,止录五人。延彬之官,盖后业所加恩。(《宋史》卷一百五十九)

《选举志》记载:"荫补之制,枢密使副使宣徽节度使,子西头供奉官,期亲右侍禁,余属自右班殿直以下第官之。"延昭不应先为供奉官,盖其时制尚未定,延浦以下,则用节度使例也。其时尚无左右侍禁,侍禁置于淳化二年。见《长编》卷三十九。

故延瓌等得殿直。

徐大焯《烬余录》记载："雍熙三年，业副潘美北伐，会萧太后领众十万犯寰，业出战，死之，长子渊平随殉，次子延浦，三子延训，官供奉，四子延环，此字疑后人据通行本所妄改。初名延朗，五子延贵，并官殿直，六子延昭，从征朔州功，加保州事刺史。真宗时，与七子延彬，初名延嗣者，屡有功，并授团练使。延昭子宗保，官同州观察，世称杨家将。"

《隆平集》记载："北伐之役，曹彬岐沟之败，死者甚众，彬贬右骁卫上将军。及业陷没，潘美削官三资，时雍熙三年之春夏也。此与宋史太宗本纪，以为五月者合。是年十二月，复命刘廷让再举北伐之兵，而全军陷于君子馆，廷让马毙，三易马，始以身免。三将继衄，沿边疮痍之卒不满万计，料乡兵城守，皆不习战事，仅自固而已。深祁德州既常不守，魏博之北，凋弊为甚。"

杨业，是戎马一生的将军，是历史夜空中最亮的一颗星。时势造英雄，正是动荡不安的年代，让他的人格光辉照耀人间。英雄造时势，正是忠勇无畏的一个人物，让历史的正直存活于现在。正应了臧克家的那句名言：有的人死了，他还活着！

杨家将第二代——杨延昭的相关文献记载

杨延昭（963—1014），是北宋的抗辽大将。亦称杨六郎。"杨六郎"最早出现在宋代文学家曾巩的《隆平集》中。

少年封官

他的原名是杨延朗,为了避免与皇帝名的忌讳,改名为杨延昭。《隆平集》记载:"邺之子延朗,其后缘圣祖讳,而改曰延昭。"《东都事略》记载:"延朗,下一字犯圣祖名,改为延昭。"

大将之后,他继承了父亲的将才风采。杨延昭的军事才能与智慧与他所处的环境是息息相关的。

《隆平集》和《东都事略》都有记载:"以业荫以事略作用,补供奉官。"可见,杨延昭年少时就跟随着父亲经历各种战场的历练,在太平兴国三年(978年),十五岁的杨延昭当了军旅供奉官。

赤胆先锋

在986年,年仅二十三岁的杨延昭也随同父亲出征,征讨辽国。杨延昭被任命为西线的先锋,跟随杨业在潘美为主帅的这路军队进行作战。在这次战役中,他们顺利收复了云、应、寰、朔四州失地。在朔州的失地收复的过程中,杨延昭中了辽兵的飞矢,他的手臂受伤,他还是带伤镇定指挥,不顾生死,终于大获全胜。

《杨家将研究》记载:"业攻应朔,延昭为其军先锋,战朔州城下,流矢贯臂,斗益急。"

也就是在这场战役中,杨业牺牲。在影视剧《杨门虎将》《少年杨家将》中,这次战役随父出征的不仅仅有杨延昭,还有杨七郎、杨四郎等。杨业之死的悲壮和冤屈,激怒了杨延昭。孙根绪、杨子清《雁门关志》中记载:杨延昭和母亲悲愤难平,上书声辩,进宫面奏,才使真相大白。

巡访灾情

在此之际，宋太宗为了告慰杨氏一门，任命杨延昭为崇仪副使。《杨家将研究》记载"以崇仪副使出知景州，时江淮凶歉，命为江淮南都巡检使"。

《真宗纪》记载："咸平元年，夏四月旱，五月甲子，幸大相国寺祈雨，升殿而雨。二年三月丙辰，江浙发廪振饥。闰月丁亥，以久不雨，帝谕宰相曰，凡政有阙失，宜相规以道，毋惜直言。戊子，幸太一宫天清寺祈雨，壬辰雨。丙午，诏江浙饥民入城池渔采，勿禁。是岁，江浙广南荆湖旱，分使发粟振之。三年二月，京畿旱，虑囚，癸酉，大雨。是岁，畿内江南荆湖旱，并振之。"

《五行志》记载："咸平元年春夏，京畿旱，又江浙淮南荆湖四十六军州旱。二年春，京师旱甚，又广南西江浙荆湖及曹单岚州淮阳军旱。三年春，江南频年旱。"于是，杨延昭又被派到江淮地区巡查灾情。

遂城之战

之后改升崇仪使，知定远军（今河北东光县）。《宋史》记载："改崇仪使，知定远军，徙保州缘边都巡检使，就加如京使。咸平二年冬，契丹扰边，延昭在遂城，城小无备，契丹攻之甚急，长围数日，契丹每督战，众心危惧，延昭悉集城中丁壮登陴，赋器甲护守。会大寒，汲水灌城上，旦悉为冰，坚滑不可上，契丹遂溃去，获其铠仗甚众。"在遂城，杨延昭妙计击退敌军，彰显了他卓越的军事才能。

官至京使

杨延昭骁勇善战的事迹很多,他屡建功勋,官位也一直高升。在遂城大战之后,他调任保州(今河北保定市)缘边都巡检使。两年之后,又任进本州防御使。在不久之后,又任命为高阳关副都部署,在任所九年,加如京使。他深得圣心。《杨家将研究》记载:"延昭父业,为前朝名将,延昭治兵护塞,有父风,深可嘉也。"

与士同袍

在《诗经》中《无衣》篇:"岂曰无衣?与子同袍。王于兴师,修我戈矛。与子同仇。岂曰无衣?与子同泽。王于兴师,修我矛戟。与子偕作。岂曰无衣?与子同裳。王于兴师,修我甲兵。与子偕行。"这首诗表现了将士和士兵们同仇敌忾、英勇无畏的乐观的昂扬斗志。杨延昭正是一位与士兵同甘共苦、受人尊敬的将军,他与士兵同吃、同住、同杀敌的品质令人佩服和敬重。

在《宋史》中记载:"延昭智勇善战,所得奉赐悉犒军,未尝问家事。出入骑从如小校,号令严明,与士卒同甘苦。遇敌必身先,行阵克捷,推功于下,故人乐为之用。在边防二十余年,契丹惮之,目为杨六郎。"

在《隆平集》和《东都事略》中都有类似记载:智勇善战,沉默寡言。出入骑从之上,《隆平集》有"奉己简质"一句。《东都事略》有"奉己简易"一句,《续资治通鉴长编》有"性质素"的表述。

至于"号令严明",《隆平集》和《东都事略》记载的是:"同士卒甘苦，寒不披裘，暑不张盖。"《续资治通鉴长编》记载的是："与士卒同甘苦，寒不冒絮，暑不执盖。"可见，杨延昭与士同袍的军旅情谊难能可贵。

澶渊之盟

尽管此时有杨延昭这样的大将保卫国家，但是宋后期皇室的懦弱无能和臣子们的钩心斗角，使得朝局不稳、民心散乱。澶渊之盟是在宋辽经过了长期的持久的战争之后定下的盟约，此时的杨延昭正在保州，兼缘边都巡检使。

他曾经上言劝宋真宗不要妥协，在《宋史》中记载："延昭上言，契丹顿澶渊，去北境千里，人马俱乏，虽众易败。凡有剽掠，率在马上，愿饬诸军扼其要路，众可歼焉。即幽、易数州，可袭而取。奏入不报，乃率兵抵辽境，破古城，俘馘甚众。"

宋真宗懦弱胆小，主张停战议和。宋王朝的养痈遗患之举，使威镇三关的名将抱恨而终。《隆平集》记载："延昭于吏事非所长，军中牒诉，皆决于小校，上知而不责，第戒饬小校而已。"《续资治通鉴长编》记载："大中祥符七年，春正月，甲午，高阳关言副都部署英州防御使杨延昭卒。延昭，即延朗也。"

杨延昭死后，宋真宗将其灵柩送返故里。路过朔州、河北等地时，爱戴他的百姓们为之痛惜。《宋史》记载："及卒，帝嗟惜之，遣中使护榇以归。河朔之人，多望柩而泣。"

杨延昭一生有许多杀敌卫国的策略没有来得及实施，他的军事理想抱负也在大宋昏庸的治国制度下没有得以实现。回顾杨延昭的一生，他跟在父亲杨业的身边，从小就培养了大将的优秀品格。在军营中受父亲杨业和众将士的熏陶，心中怀揣着抗敌为民在战场上施展抱负的志向，只是最后抱憾而终了。但是他继承了杨氏一门的雄风，他的英雄故事在民间代代相传。

杨家将第三代——杨文广的相关文献记载

自古英雄出少年，出身武将之门的杨文广更是在年少轻狂的年纪就大显将门之后的才华。杨文广（？—1074），字仲容，山西太原人，是杨延昭的儿子。

讨伐张海

在历史上记载的有关他的故事中，杨文广讨伐逆贼张海的战绩让人们惊叹。在《宋史》中记载："文广，字仲容，以班行讨贼张海有功，授殿直。"《续资治通鉴长编》记载："庆历三年，八月辛酉，诏陕西北有贼张海、郭邈山，群行剽劫，州县不能制，其令左班殿直曹元诘、张宏，三班借职黎遂，领禁兵往捕之。十二月，韩琦既至陕西，琦时为陕西宣抚使。召谢云行等将沿边士兵入山捕张海等，邵兴兴，光化军叛卒。以无援窜入兴洋，被杀。张海相继歼衄，擒捕余党殆尽，关辅遂安堵矣。"

此处的"班行"在宋朝泛指官位或者官阶。在《续资治通鉴长编》记载："右侍禁郭逵谓贼曰，我班行也。"《挥麈前录》记载："旧制枢密使知枢密院子弟，皆补班行。故富郑公文潞公之子，皆为阁门祗候。则班行盖即所谓三班使臣，三班院所管供奉官以下武职见宋会要第六十六册。皆得称之。"

在《杨家将研究》记载："职官志记武臣叙迁之制，三班借职转三班奉职，三班奉职转右班殿直，右班殿直转左班殿直。文广以班行有功始授殿直，则此所谓班行，盖单指奉职借职之类。"

杨文广这次讨伐张海就以功升为了殿直，在之前他的官职是"班行"，就是禁军一类的小官职。

相遇伯乐

可谓一战成名，杨文广的英勇行为传到了范仲淹的耳朵里。当时，范仲淹作为宋朝的宰相，任参知政事，主张推行新政。于是，两人就像是伯乐发现了千里马，范仲淹很是赏识他的军事才能，于是杨文广就拜在范仲淹的门下。

《宋史》中记载："范仲淹宣抚陕西，与语，奇之，置麾下。"《续资治通鉴长编》记载："庆历四年，六月壬子，参知政事范仲淹，为陕西河东路宣抚使。五年，春正月，乙酉，右谏议大夫参知政事范仲淹为资政殿学士，知邠州，兼陕西四路缘边安抚使。五年，十一月乙未，诏以边事宁息，盗贼衰止，知邠州范仲淹罢陕西四路安抚使。"

在遇到范仲淹的前一年，1044年，宋朝与西夏采取求和的政策。宋朝妥协每年向西夏缴纳岁币和物品以求一时的和平相处。在当时的宋朝，杨文广终究再次丧失了上阵杀敌的机会。

与狄青共战

在 1052 年，当时宋仁宗在位。枢密使狄青要去平定在今广西一带的蛮族首领侬智高的叛乱，杨文广随他一起南征。

《宋史》中记载："从狄青南征，知德顺军，为广西钤辖，知宜、邕二州。累迁左藏库，带御器械。"《十朝纲要》："皇祐四年四月，广源州蛮侬智高反，袭陷横山寨。五月乙巳朔，陷邕州，自称仁惠皇帝，改元启历，引兵沿江东下，遂连陷横、贵、龚、藤、梧、封、康、端八州，围广州。七月壬戌，智高引兵去广州，九月庚申，智高陷昭州。庚午，命枢密副使狄青宣抚荆湖路，提举广南经制贼盗事，将兵讨智高。十月丁丑，智高陷宾州。五年，正月已酉，狄青至宾州，戊午，狄青败智高于归仁铺，大破之，斩首五千余级，智高弃邕州，奔大理。已未。青按兵入城，智高自起至平，几一年，至和二年，六月，侬智高死于大理。"

在这次战役之后，杨文广升为左藏库，带御器械。这对于一个武官来说是一种较高的光荣，这个官阶比他父亲杨延昭曾任的崇仪使稍高一些。

宋英宗即位，他很赏识杨家将一门的忠心耿耿，升任杨文广为团练使。《宋史》记载："治平中，议宿卫将，英宗曰'文广名将后，且有功'，乃擢成州团练使，龙神卫四厢都指挥使，迁兴州防御使，秦凤副都总管。"都指挥使是当时比较重要的一个官职，可惜的是在宋朝晚期偌大的朝局中这一个小小的武官职位，也是一棵枯树上的一片枯叶，没有什么实际性的意义。

激战筚篥城

最能体现少年英雄杨文广的军事聪明才干的事迹，要数在筚篥城的那一场战役了。关于筚篥城的地理位置及其重要的战略位置，在史料中有记载。

《宋史》记载："韩琦使逐筚篥城，文广声言城喷珠，率众急趋筚篥，比暮至其所，部分已定，迟明，敌骑大至，知不可犯而去。遗书曰：'当白国主，以数万精骑逐汝。'文广遣将袭之，斩获甚众。或问其故，文广曰：'先人有夺人之气，此必争之地，彼若知而据之，则未可图也。'"

《续资治通鉴长编纪事本末》记载："治平四年十一月，命韩琦判永兴军，兼陕府西路经略安抚使。"

"熙宁元年，七月乙亥，名秦州新筑大甘谷塞曰甘谷城，即筚篥城也。先是韩琦遣李立之驰奏，请修筚篥城。枢密院难曰：'筚篥是秦州熟户地土，将来兴置一两处，接连古渭，又须添屯军马，计置粮草，复如古渭之患。'琦复奏曰：'窃观先世图制匈奴，患其西兼诸国，故表河列郡，谓之断匈奴右臂，隔绝南羌。今西夏所据，盖多得匈奴故地，自昔取一时之计，弃废灵州以来，因失断臂之势。故德明元昊更无惮，得以吞噬西蕃，以至其甘、凉、瓜、肃诸郡，至宝元初，始敢僭号，遂一向攻胁秦渭诸蕃。近年西人复将西市城修葺，建为保泰军，只去古渭寨一百二十里，去汉界之近如此，自前未有也。所以久在西陲谙知边势者，皆谓城筚篥，则可通鸡川、古渭，通成外御之势，隔绝西人并吞古渭一带诸蕃，与瞎药木征青唐等族之患。若谓其修城之后，又积兵聚粮之费，臣以为不然。盖筚篥既城，则秦州、三阳、伏羌、永宁、来远、宁远诸寨，皆在近里，可以均匀抽减逐寨之兵，往彼屯泊，更有创置酒税，课利相兼。'诏从之。初，秦凤副都总管杨文广，受韩琦檄筑筚篥城。"

《编年纲目备要》记载："秋七月，城筚篥。初，秦州生户为谅祚劫而西徙，有空地百里，名筚篥，知州马仲甫，请城而耕之，韩琦从其说。"

《宋史·马仲甫传》记载："拜天章阁待制，知瀛州、秦州、古渭介青唐之南，夏人在其北，中通一径，小警则路绝。仲甫得筚篥城故址，自鸡川寨筑堡，北抵南谷，环数百为内地，赐名甘谷堡。"

这次战役，使西夏与岷山氐羌部落的联系割断了，也就是说西夏的同盟军被限制。这为之后北宋对西夏的进攻奠定了稳固的基础。

临终献计

之后，杨文广又升为定州步军都虞候。定州，就是今天的河北定县。《宋史》中记载："诏书褒谕，赐袭衣带马，知泾州镇戎军，为定州路副总管，迁步军都虞候。"

《九域志》记载："镇戎军，至道元年，以原州故平高县地置。"

《宋史·职官志》记载："殿前司，都指挥使副都指挥使都虞候各一人。都指挥使，以节度使为之，而副都指挥使都虞候以刺史以上充，马步军亦如之。"

可惜的是，在后来西夏再次攻打代州等地时，杨文广已经抱恙。他向朝廷献上自己仔细琢磨过的战略计策，在这计策还未来得及实施，他就与世长辞了。《宋史》记载："辽人争代州地界，文广献阵图，并取幽燕策，未报而卒，赠同州观察使。"

《编年纲目备要》记载："熙宁七年，三月，辽使萧禧来争河东地界。九月，辽使萧素来，遣刘忱、吕大忠，与之共议于代州。"

《续资治通鉴长编》记载："熙宁七年，十一月丁酉，定州路副都总管步军都虞候杨文广卒，赠同州观察使。文广时献阵图，及取幽燕状，未报也。"

杨文广，虽然最后没能继续为国作战，但是他为国为民直到自己最后奄奄一息之时。庆幸的是，他少年得志，在人生低谷时又遇能识人才的范仲淹，在战场上能与大将狄青并肩杀敌，可以说在他郁郁不得施展抱负的人生里还有几个志同道合的朋友，何尝不是一种欣慰呢？

杨家将三代英豪，杨业呕心沥血、为国捐躯，一生都在为了证明自己的忠心而作战；杨延昭一片赤诚、无奈而终，一生都在为了一展自己的抱负而作战；杨文广年少轻狂、遗憾而终，一生都在为了自己的军事事业而作战。他们祖孙三代，以忠良之将的形象在人们心中矗立，不管民间故事如何演变，他们的威名已经深深扎根在人们心中。

在以杨延昭为代表的第二代杨家将中，还有杨四郎、杨五郎、杨七郎等人的历史事迹也是非常值得一提的,他们各自有不同的命运。

杨家其他男将的相关文献记载

辽国驸马——杨四郎

关于杨四郎,民间传说以及戏曲中最令人印象深刻的就是他被辽俘虏且做驸马的故事。

他是杨业的第四子,又名杨延辉。他最擅长的是菊花点金枪,十分英勇,曾被封为明威将军、代州团练使。在金沙滩一战中,杨四郎被辽军俘虏,杨家军在此次战役中受重创,于是他假意化名木易降辽。后来,因为被辽国公主相中,二人结为夫妻。

京剧《四郎探母》的故事据说是在辽国公主的帮助下,杨四郎才能从辽国重回大宋。关于他的结局,有的说是在辽、宋议和后回到杨家无病而终,也有的说他在打败辽国后回到杨家才郁郁而终。

五台为僧——杨五郎

杨五郎,杨业的第五个儿子,又名杨延德。他相比其他弟兄一点不逊色,在大宋做官被封为宣威将军、殿前司马、步军都指挥使。在金沙滩一战中,杨五郎孤军奋战,此时辽兵也在后面乘胜追击。在这危急时刻,他乔装为僧人逃到五台山,这才保住了性命。

他来到五台山之后,潜心修佛以减轻曾经的杀戮罪恶。在这里，他还将杨家的武艺传给了寺院的僧人，为五台山培养了一批护院武僧。此外，他还将杨家棍、杨家刀、杨家三十六路梨花枪等杨家的传统武术传给了杨家子弟。

史书上关于杨五郎的记载寥寥无几，所以在民间关于他的传说故事更传神。到五台山为僧并不是为了苟且偷生，他这样一个卫国大将怎么会贪生怕死呢？他曾经带领僧兵从萧太后的包围中把宋真宗救出来，他还在幽州之战中冒着枪林弹雨背着宋太宗一口气跑了二十里逃出来。他之所以偷生，民间传说是他肩负着保护杨家后代的重任。在山东的地方志中记载有云梯关守将杨茂就是杨五郎的后代。

与潘结怨——杨七郎

杨七郎，杨业的第七个儿子，又名延嗣。他经常舞着一杆虎头乌金枪，他年龄小，好玩搞怪，鲁莽不计后果。因为他在铜台关救驾有功，被封敏烈侯、殿前司东西招箭指挥使。

在金沙滩大战中，杨七郎率领大军冲出重围，来到雁门关向潘美搬救兵。不幸的是，潘美因七郎误伤自己儿子的事怀恨在心，不仅没有施以援救，而且以"莫须有"的罪名将其绑在百尺高杆上乱箭射死。

杨七郎的死令人惋惜，这要归根于他与潘美之子潘豹在争夺帅印的擂台上失手把潘豹致死。潘美痛恨杨家，于是上书宋帝，言"杨家依仗军功，肆意行凶"，要求严惩杨家，将七郎斩首示众。幸有铁鞭王呼延赞力保，方才让他逃过一难，以发配为名随父杨业驻守代州。

七子六不回

杨四郎、杨五郎、杨七郎都在金沙滩一战中各自离散,可想这场战争的残酷。在民间传说和影视剧中流传着金沙滩战役杨家一门"七子去六子回"。

北宋雍熙三年(986年),宋太宗亲征辽国下令三大主力军——杨家军(主帅杨业)、潘家军(主帅潘美)、呼家军(主帅呼延赞)随驾出征。杨家军为前部先锋,潘家军为中军保驾,呼家军在后接应、供应粮草。

到了五台山,杨业率七子上山拜佛,以求平安。方丈智聪禅师得道高深,见杨业以天下为己任,极为感动,不忍杨家遭受灭顶之灾,却又不敢道破天机,便劝杨业解甲归田。老令公叹道:"杨业并非贪功好战之人,只因辽兵屡犯边疆,不单我大宋子民,就是辽国百姓也是深受其害。杨业唯有以战止战,逼迫辽国退兵,为天下百姓谋福祉。若宋辽两国平息干戈,友好往来,我杨业定解甲归隐,不问功名利禄。"智聪禅师道:"我有一言留给将军——金沙滩双龙会,七子去六子回。"老令公以为会有个儿子回不来,便请智聪禅师解说,禅师摇头不答,老令公也不勉强,遂率七子下山出征。

杨家军作为主力先锋,所向披靡,辽兵节节败退。辽国萧太后为鼓励士气,亲临幽州前线,与宋军对峙。萧太后见杨家军作战勇猛,辽兵屡次攻打北宋都为其所败。杨家众将更是各个武艺高强,辽国上将萧天佐、萧天佑、韩延寿、耶律休哥、耶律斜轸等都不是杨业的对手。于是萧太后想出"以退为进"的计策,借口谈判,请宋帝赴金沙滩商议,想诱出宋帝与杨家军,布下天罗地网,准备一举擒下宋帝与杨家将。

杨业识破诡计,因长子杨延平长得与皇帝相像,便向太宗建议由延平穿上皇袍,假装皇帝与辽国萧太后谈判。奸臣潘美却极力劝阻,说有损国体。最后在杨业的力谏下,太宗同意由杨延平代替自己,率军远赴金沙滩。而萧太后也命天庆王代替自己,率领辽国精兵赴金沙滩,积极备战。

金沙滩上,宋辽两军对峙,杀机四伏。谈判过程中,天庆王看出皇帝是杨延平假扮的,计策已被天庆王识破,遂下令开战。杨业沉着应战,命杨家军分成三路杀进。左路由大郎延平、二郎延定、三郎延辉率领;中路由杨业、六郎延昭、七郎延嗣率领;右路由四郎延辉、五郎延德率领。

杨家军奋力抗敌,战到巳时,突然辽军剧增,将杨家将三路人马分而围之,使其左右前后不得相顾。杨业发现敌情有变,于是发令左右两路向外突围,同时派七郎延嗣冲出重围,找主帅潘美,搬救兵求援。

中路军在激战中被辽兵冲散,杨业且战且退,战至午时。当退至陈家谷时,余部只剩下百十人,仍不见援兵。杨业以死相抗,最终全军覆没。老令公不想被捕受辱,一头撞死在李陵墓前。

六郎杨延昭在乱军中反复冲杀,寻找父兄,终因辽兵甚众,只好退出金沙滩,派兵打探,等待消息。原来"七子去六子回"并非有六人归还,而是只有第六子杨延昭一个人脱险。后来潘美追究杨家军战败之罪,欲杀六郎。六郎在部下的保护下回到天波府,在家中"诈死",假设灵堂。后被天官寇准发现请回家中。后人为杨家鸣不平,就将这一故事编成《寇准背靴》的戏剧在民间广为流传。

左路军的大郎杨延平见天庆王在山上坐观杨家军困兽之斗,旁若无人谈笑风生,大怒,提弓拉弦,一箭射死天庆王,惹恼了辽兵,被乱枪挑死。二郎因为救兄心切,被辽兵砍去马脚,自己掀翻在战场,被千军乱马踩踏至死。三郎跑到芦苇地不到一里时,坐骑被芦苇草内的长钩套索绊倒。延安飞离马背,被辽兵杀害。

杨氏一门,在金沙滩大战中各自亡命天涯,杨家军伤亡惨重,最后只有杨六郎侥幸逃回。

相比杨家男将,杨家女将也是世人津津乐道的话题,可谓巾帼不让须眉。

杨门女将——佘太君的相关文献记载

在荧屏上佘老太君总是以慈祥的面容、端庄的姿态呈现在我们的面前。

出嫁之前

佘太君名叫佘赛花,是山西大同人。因为他的父亲叫折德宸，所以人们也叫她折太君。《中国小说史料·杨家将》："业娶府州永安军节度使折德宸之女。今山西保德州折窝村，有大中祥符三年（1010年）折太君碑，即业妻也。西北人读'折'音如'蛇'，故稗官家作佘太君，以折窝村为社家村。"康基田《晋乘搜略》云：《山西通志》曰：保德州南四十里折窝村有折太君墓，折太君即杨业妻、折德宸女也。岢岚州掘地得石，拭视之为杨氏墓碣，载折太君事。乾隆重修《保德州志》云：折太君墓在州南四十里折窝村。

这样一个英姿飒爽的女中豪杰，她骨子里也是一个有着男儿豪情壮志的女人。她小的时候就善于骑射，与一般家庭闺阁中的小姐相比，显得很有个性。在清康基田《晋乘搜略》卷二十记载："乡里世传，佘太君善骑，婢仆技勇过于所部，用兵克敌如蕲王夫人之亲援桴鼓然。"

以武会夫

这要从杨业的父亲杨信开始说起，五代十国混战时期，杨信任麟州刺史。杨业随父亲从火山（即今天的河曲）来到了麟州，此时的杨业还没有被送去当人质。佘太君的父亲折德宸是五代时期云中人，后汉时期任五州团练使。折家也是当时非常有名的将门之族。抵御外侵中，在后晋时杨折两家结成了军事同盟。

这样，两人一起长大，杨业擅长杨家的三十六路梨花枪枪法，佘太君也有拿手绝活"走线铜锤"。于是，两个人经常以武会友，互相切磋。在一次契丹派兵侵犯府州时，佘太君代父上战场赢得胜利，得到了折家和杨家父子的高度赞赏。于是，佘太君和杨业俩人也以武比试，互生情愫，在战场上进行较量。在陕西府谷县的七星庙就有走线铜锤定亲七星庙的故事。

《北宋纪》：杨业娶府州折氏，称太君。

佐业立功

佘太君是杨业事业上的好帮手，在军事策略上常常能够给予杨业好的建议。他们二人一柔一刚，是事业上的黄金搭档。

杨业在陈家谷战场上遗憾而终的冤屈，佘太君为夫君上朝堂鸣不平。她也是一个女流之辈，但是在面对夫君阵亡的悲恸之中，依然忍痛为丈夫讨回公道。光绪《岢岚州志》卷九《节妇》"宋"条云："杨业妻折氏。业，初名刘继业，仕北汉，任犍为节度使，娶折德扆女。后归宋，赐姓杨。折性敏慧，尝佐业立战功，号'杨无敌'。后业战死于陈家谷，潘美、王侁畏罪，欲掩其事，折上疏辩论夫力战获死之由，遂削二人爵，除名为民。"《保德州志》卷八《人物·列女》：折太君，宋永安军节度使镇府州折德扆女，代州刺史杨业妻。性警敏，尝佐业立战功。后太平兴国十年，契丹入寇，业进兵击之，转战至陈家口，以无援兵，力屈被擒，与其子延玉偕死焉。太君上书陈夫战殁，由王侁违制争功。上深痛惜，诏赠业太尉，除王侁名。

助儿抗辽

作为一个妻子,佘太君是杨业的贤内助。作为一个母亲,佘太君也帮助杨延昭抗辽,让其仕途顺利,最后升到了京使一职。可想而知,杨氏一门忠烈中从杨业、杨延昭到杨文广,为国上前阵杀敌,都有一个强大的后备力量,而佘太君就是这后备力量中的核心人物。

虽然历史无大量记载,我们也无法穿越回去,但是佘太君的形象通过大量影视作品及戏剧的形式,展现在观众面前。她是一个不平凡的女子,一个熟读兵书、久战沙场、开明大义的一个女英雄的形象。

在山西代县杨忠武祠保存的《杨氏族谱》中,对佘太君做了全面的评价:"忠心乐善,内助教忠,受龟寿五福之多,邀象服六珈之贵。不我先不我,后睹星月之重明;俾尔炽俾尔,昌焕乾刊之新渥。爰稽邦典,益进郡封。汝有子,若汉室功臣山河永誓;汝有德,如鲁侯寿母松伯弥坚。被我宠光,贰缓休祉,可特封郑国君太君夫人。"

此佘彼折

佘太君这一人物形象在历史史料中记载得很少,也就是说无法证明历史上真正的佘太君是什么样的人。

清之前的历史资料中,没有提到佘太君这一人物。在明代成化时期的《山西通志》中也只是记载了杨家的三代,没有提到杨业的妻子。到了清代,在地方志中就出现了佘太君的相关记载,其中包括有人认为佘太君就是杨业的妻子。有人称佘太君就是折德扆之女,折误记载为佘。

关于佘太君是历史人物的推断,最早在乾隆年间的《乾隆一统志》和《保德州志》都记载了佘太君墓。乾隆重修《保德州志》云:折太君墓在州南四十里折窝村。《保德州志·人物·列女》记载:"杨业娶府州折氏,称太君。其父为麟州刺史,又为火山节度使,业后为代州刺史,皆距此不远,故缔缘姻卜地于此与?"

到了清朝光绪时,在《岢岚州志》记载了佘太君为杨业讨回公道的情节。这时有关佘太君的形象进一步丰满了。一些文人史学家也对佘太君的身份各有各观点:毕沅《关中金石记》记载:折恭武公克行神道碑,毛友撰,宇文虚中正书,在府谷县孤山堡南,叙折太君事。世以此碑为折太君碑。考折太君,杨业妻,折德扆女也,墓在保德州南折窝村。

近代学者李慈铭在《越缦堂诗话》中提出曾发现过折太君墓碑等,但并没有记录碑文。清人又有私人笔记讲到折氏善骑射。

另一种观点是历史上有折太君,只是不是杨业的妻子,而是另一名姓折的女子。佘太君最早出场是在元朝的一个戏剧中,叫《谢金吾诈拆清风府》。《杨家将研究》记载:"佘太君最早出现于元代杂剧《谢金吾诈拆清风府》,到明代如《黄眉翁》等戏曲、小说中便常见其人。"

《宋史》记载了谢金吾的事迹比较多。尽管史料没有记载,但这出戏剧中的佘太君也不是完全虚构的。北宋历史上曾有一个

"令契丹将士们畏惧的折太君",她是丰州刺史王承美的夫人。

折夫人很有谋略,辅助王承美屡立战功。他们夫妇二人曾经两次大败辽军,他们的威名使得敌军闻风丧胆,不敢贸然进攻大宋。为此,宋真宗不止一次召见这位护国女英雄,给予她边疆官员的待遇。

这里的折氏与王承美与杨业、杨延昭等是同一个朝代的人。除此之外,他们都是守卫大宋边关的名将,折氏抗辽、为夫奏请圣上申冤的事迹与影视戏曲中的佘太君的形象有太多的相似之处,所以传说故事里的佘太君可能是从同时期的王承美之妻演变创造出来的。

十二寡妇征西

佘太君不仅在夫君、儿子在世时,为他们出谋划策,甘愿做一个幕后军事参谋。她的英勇果敢、临危不惧的气概在失去丈夫、儿子之后更体现得淋漓尽致,令人折服。在准格尔地区有十二连城,当地有佘太君率领众女眷各守卫一城的故事。

在宋仁宗时,大宋受到西夏大军的进攻,当时,杨宗保中箭身亡,杨文广也被敌人围困。听说这一噩耗,佘太君主动请求圣上上阵杀敌。于是,她率领家中其他女眷身披铠甲,出征西夏,大获全胜。关键时刻,正是因为杨门女眷平时都训练武艺,不是只会拿绣花针的闺阁之人,所以才能与敌人拿刀拿枪地拼命。她们不仅保卫了自己,还保卫了百姓,更保卫了国家。

如今的内蒙古大佘太原来是一个兵家必争之地的古战场。宋朝时，佘王城就设在这里。传说宋朝名将杨业攻打佘王城时与佘王的女儿佘赛花（即佘太君）在战场上交锋不分胜仗。真是不打不相识，他俩在战场上渐渐产生了感情，并私订了终身。由于这层关系，佘王就投靠了大宋。后来，佘王城被辽国萧太后攻破。多年后，佘太君领兵出征，先锋穆桂英大破天门阵，宋军夺回此地，佘太君在此重新筑城。为了纪念佘太君，后人管佘王城叫作佘太城。

杨门女将——穆桂英的相关文献记载

杨门女将中的另外一名巾帼英雄就是穆桂英，她与佘太君有很多相似的地方。

小说人物

穆桂英最早出现是在明代，是当时熊大木小说《北宋志传》当中的一个小说人物。《北宋志传》又叫《杨家将传》《杨家将演义》。后来，又成为纪振伦小说《杨家府演义》中的一个人物。

在影视界，人们就把这小说改编成了有关穆桂英的影视剧。于是，经过影视的传播，穆桂英的故事就家喻户晓了。

在后人加工创造下的穆桂英是穆柯寨穆羽的女儿。虽为女儿身，她却有着男子汉的气魄和胸襟。她最有名的事迹就是大破天门阵，在五十三岁还担任先锋出战大获全胜。穆桂英的军事才略是不比佘太君逊色的，在大破天门阵中彰显的就是她杰出的军事计谋。

以武结缘

与佘太君很像,穆桂英与杨宗保的结识也是在一次双方对战之中。穆桂英打败了杨宗保,并因此结缘。于是,穆桂英入了杨门女将的行列,成为杨家的又一位女中豪杰。从此之后,与杨家其他女将一起担任了保卫大宋的重任,虽然历史上关于穆桂英及其他杨门女将的记载不明确,但是在老百姓中留传下许多民间故事。北宋由于金的侵略而灭亡,杨门女将就是为了抵抗金的进犯才卸下红装上阵的。

原型为谁

历史上是否真正存在穆桂英这一人物,如果有的话,那么这一小说人物的原型是谁呢?

有人认为历史上存在这一人物的原型。穆桂英的原型是明朝末年战功卓著的女性军事统帅、民族英雄秦良玉,其功累至大明柱国光禄大夫、太子太保、太子太傅、少保、四川招讨使、中军都督府左都督、镇东将军、四川总兵官、忠贞侯、一品诰命夫人。卫聚贤撰《杨家将及其考证》一文以为,穆姓实为杨文广妻子慕容氏之姓氏慕容一语的音转。

在现今的历史遗迹当中,人们也认为历史上存在这一人物之谓。穆柯寨在山东省肥城市。穆柯寨位于山上,地形十分陡峭。附近百姓家家户户都知道穆桂英的故事。所谓穆柯寨,在山西繁峙、浑源都分别有遗址。今山西离石西崖底村还有穆桂英墓在。

山西代县《杨氏宗谱》、山西原平《杨氏宗谱》于六郎延昭名下,都分别记有宗保、宗政、宗勉三子；而在1983年7月30日《浙江日报》上刊登的湖北黄梅发现的《杨氏宗谱》更明确记有"宗保妻穆氏，生文广、同信二子"。

据称"杨文广之妻慕容氏，武艺高强，英勇善战，辽兵将均畏之"（《保德州志》）。又据该志说，慕容氏家乡在保德州的穆塔村，而慕、穆姓音贴近，所以，学者认为，《保德州志》未载其名，后人可能除改其姓氏外，还给她起了民间通用的"桂英"这一名字，以取其流传的方便。

山西《文史研究》1988年第1期刘子钦《话说"杨家将"》载"穆桂英助杨家于沙场；可谓不无根据，至于名字如何，乃其余事"。

早于元末脱脱的南宋遗民徐大焯《烬余录》就有"延昭子宗保，官同州观察，世称杨家将"记载了的，杨宗保有其人其事。由此推理很难说历史上没有穆桂英式的杨门女将的。

也有人认为穆桂英这一人物形象在历史上是不存在的。在《隆平集》《宋史》当中认为，杨延昭的儿子是杨文广而不是杨宗保。那么如果杨宗保不存在，穆桂英与杨宗保联姻、大破天门阵这些都是虚构的。

功不可没

作为一个女子，穆桂英的英勇事迹是最令人们佩服的。首先要提起的就是大破天门阵。这场战役大大打击了辽国萧太后率领的辽军，保卫了宋的边境。有穆桂英戍守边关，使得辽军不敢轻举妄动。除了北边的大辽，穆桂英还和杨宗保一起平定了广西侬智高的叛乱，使得大宋的南部边境获得安宁。

因为她屡立战功，被大宋王朝封为浑天侯。后来，在征讨西夏的时候，她在虎狼峡中埋伏而牺牲，但是十二寡妇征西的战役最后获得了胜利，这也使大宋的西部得到了稳定。

因为穆桂英，大宋的北部、南部、西部这些边境得以安定，她在国家和百姓心目中成为不可亵渎的神明。

在荧屏上的杨宗保是以穆桂英的丈夫出现的一个人物形象。那么，历史上究竟有没有这一真正的人，关于杨宗保的身份众说纷纭。

第一种说法是根本就没有这个人。

正史记载，杨文广实为杨延昭之子。根据《宋史》的记载，杨家三代抗辽，只录有杨业之子杨延昭、杨延昭之子杨文广，其余人等皆不见于史传，而杨延昭有子名宗保也于史无证，有待考证。

第二种说法是杨宗保就是杨文广，二者其实是同一人。

《宋史》成书于元末，而民间传说则始自北宋当代，杨业"父与子皆名将，其智勇号称'无敌'，至今天下之士，至于里儿野竖，皆能道之"（《供备库副使杨君（琪）墓志铭》，见《欧阳永叔集》卷二）。民间传说杨延昭有子名宗保，杨宗保故事出现于明万历二十一年（1593）唐氏世德堂刊印的《南北两宋志传》，而《宋史》则成书于元代，因此，许多人认为民间故事与戏曲剧目所传杨宗保，就是历史上的杨文广。硬在文广与延昭之间造成一个宗保来，乃文人之杜撰，不可信。查宗保业绩多与杨文广的事迹相同，如少年临阵破敌等事。可见，历史上的杨宗保，就是杨文广其人。

第三种说法是杨宗保是小说中虚构的一个人物形象。

在《杨家将传》《杨家府演义》等小说中为杨业之孙，杨延昭与柴郡主之子，少年从军，娶穆桂英为妻，生女杨金花。熊大木《杨家将传》中柴郡主在天门阵战役时沙场产子得到杨文广，杨文广为杨宗保之弟，而《杨家府演义》中穆桂英产子得到杨文广，杨文广为杨宗保之子。在《杨家府演义》中，杨宗保少年时即随父出征，在攻打穆柯寨时，为穆桂英所擒，后与穆桂英结亲，夫妻同破天门阵。杨延昭死后，他少年受命，兵征西夏，中计受困于陷金山（一说其中箭身死，时年二十四岁），引得十二寡妇西征。

第四种说法是杨宗保其实是一名女将。

洛阳新安县五头乡潼沟村出土有一块宋朝杨令公的停灵碑。碑文记述了杨令公在此停灵的经过："北宋朝杨令公之丘陵也。有女孙杨宗保感祖之义，居庐于此，遂入道而为观焉。"于是，持此说者下结论说："杨宗保原来是女性！"（见 1985 年 7 月《人民日报》）据此，可见民间传说的杨宗保实有其人，只不过是个女性罢了。后代文人又把她杜撰成北宋的一员大将。

宋朝杨家将的故事，在我国可说是家喻户晓，妇孺皆知。尤其是明清两代，编选的传世杨家将演义小说和杨家将戏曲剧目名目繁多，始终有一个庞大的读者群和观众群。从公元 986

年杨业战死到如今,已经一千多年了。漫长的岁月淹没了无数志士仁人的足迹,然而杨家将故事愈来愈丰富,愈来愈感人。杨宗保则是杨家将中的佼佼者,民谚中历来有"少年要比杨宗保"的说法。

评书、戏剧中的杨宗保,关于他牺牲时的年龄,至少有五个版本。十多岁的,见张智尧版《杨门女将》;三十多的,见重庆版《杨家小将》;四十岁的,见张振寰版《一门英烈穆桂英》;五十岁的,见于京剧《杨门女将》等大多数版本;六十岁的,见于《杨家府历代通俗演义》。

杨门女将——杨排风的相关文献记载

百姓心中的杨门女将还有杨排风,虽然她是民间演绎出的人物,但却是荧屏上人们热爱的人物。她是天波府里的烧火丫头,性格像个男孩儿。她本是个孤儿,为杨家收养,奴随主姓,所以姓杨。平日里常跟穆桂英练功习武,日久天长,竟练就一身好本事,十八般武艺样样在行。她善使一条烧火棍,武器奇特,曾大败辽军,被人们称为"火帅"。

北宋中期,朝廷腐败。西夏国元帅殷奇乘机率兵进犯中原,宋军节节溃败,人心惶惶。然而杨家将男将为国牺牲,只剩众女眷。老忠臣寇准冒着丢官杀头之险,保奏杨家女将带兵出征。穆桂英再次登台挂帅,筹集粮草,带领杨家英雄儿女,直奔边关。这支队伍的先锋,就是烧火丫头杨排风。

穆桂英见她武艺高强,便任命她为"征西先锋将军"。西夏国元帅殷奇是个目中无人、嚣张狂妄的家伙。他见穆桂英亲率大军前来,便调兵遣将,设下埋伏,企图一举消灭杨家将。如此雕虫小技早被穆桂英慧眼识破,她将计就计,先派猛将杨排风伏兵于密林中,然后派人假败,诱出敌军主帅。那主帅殷奇与宋军打惯了,见宋军败走,便信以为真,拍马赶来。正行间,忽然从路旁林中跃出一员威风凛凛的女将,坐一匹白马,挺一杆长枪,大喝一声:"征西将军杨排风在此,贼寇还不下马投降!"话落枪到,惊得殷奇险些落马,急忙招架。斗不上十个回合,殷奇力尽臂乏,卖个破绽,落荒而逃,杨排风紧追不舍。后来多亏几员虎将搭救,才使殷奇免做刀下之鬼。殷奇逃回营中,急忙鸣金收兵。连夜后退几十里。

杨八姐、杨九妹中了辽邦大将萧天佐的"诱敌深入"之计,兵困双龙谷,危在旦夕。孟良奉六郎之命赶回京都求援。此时朝中无大将,佘太君保举杨府烧火丫头杨排风统兵出征。当朝兵部尚书、奸臣王钦若之婿谢廷芳与六郎帐下大将焦赞均不服,定要与她比试高低。杨排风以高超武艺打败对手,朝中与军中上下心悦诚服。她果不负众望,带兵打败了辽军,解了双龙谷之围。

无论是民间传说还是影视剧中的杨排风形象,都是为了歌颂杨门女将临危不惧、保家卫国的英雄事迹。杨门男将代代戍守边疆、精忠报国流血流汗的可歌可泣的故事,在民间广为传颂。而杨氏一门在国家面临强敌的时候，连烧火丫头杨排风都换下女儿装，拿起兵器，上场杀敌。杨氏一门的忠心和决心，让人敬仰，让人在民间故事和影视戏剧题材中大胆想象和还原当时历史的真相。即使杨排风是后世人们虚构的人物，但是她的出现符合民间故事流传的潮流，是众望所归。

杨家将的历史事迹在民间代代歌颂、世世演绎、生生不息，是宋朝功不可没的一代勇将，是我国历史上屈指可数的英雄军队。在宋朝，还有一支军队也曾为大宋戍守边关，并且与杨家将有千丝万缕的关系。

在清代乾隆《府谷县志》记载：折家军从唐代初年至北宋末年，数百年间世代居住在府州，"内屏中国，外攘夷狄"。《宋史·折德扆传》记载"独据府州，控扼西北，中国赖之"，五代诸国与北宋为减轻西边的侵扰，都允许其父子兄弟相传，袭其世次。

《旧五代史·折从阮传》记载：折氏"代家云中"（今山西大同），是当地的一大世族。《金石萃编》所载《折克行神道碑》记载：折氏出河西折屈（今陕西府谷一带）。这两种说法中，一种观点推考于折氏家族崛起之时，另一种观点着眼于这一家庭徙居府州之后。宋人李之仪在为折克行的侄子折可适撰作墓志铭时，便写道："其先与后魏道武俱起云中，世以材武长雄一方，遂方代北著姓，后徙河西……"

有名有姓有事迹可考的折氏传人，最早可推唐代末年的折宗本，当时任"振武军沿河五镇都知兵马使"（《宋会要》"方域二十一·边州门·府州")。府州,当时称为"府谷",即为沿河五镇之一。这位折氏先人,号太山公,在当地颇有威望,"因其所居,人争附之。"晋王李克用为河东节度使时,"知太山公可付以事,收隶帐下,凡力所不能者,悉命统之"。折宗本"辑睦招聚",以功封为上柱国(《折可适墓志铭》)。

折宗本之后有折嗣祚(862—911),又名嗣伦,官至麟州刺史(辖神木、府谷两地)。他的第三个儿子叫折从阮(892—955)。李存勖"以代北诸部屡为边患",任命从阮为河东牙将。府由镇升为县,再升为州,从阮即任府州副使。后唐同光二年(924年),又升为府州刺史。他历仕后唐、后晋,累官至振武军节度使。后汉初,府州升为永安军,从阮即改任永安军节度使。乾祐二年(949年),从阮入觐,朝廷罢永安军,府州改隶河东节度使刘崇,从阮子德扆(917—964)任府州团练使,继领州事。北宋名将杨业妻折氏,即为德扆之女。不过在小说、戏曲中音转字讹,成了"佘"太君。

石敬瑭代后唐自立,为酬谢契丹的援立之恩,除燕云十六州外,把河西之地也奉送给契丹。"契丹欲尽徙河西之民以实辽东,人心大扰"(《旧五代史·折从阮传》)。折从阮高揭义旗,集众据守,抵御契丹的侵扰。后石重贵与契丹交恶,折从阮奉诏东渡黄河,连拔十余寨,北取胜州,东入朔州,把契丹势力逐出黄河以西。

宋太平兴国七年(982年),辽(947年契丹改国号为辽)

兵分三路侵宋,其西路直攻府州。折御卿与辽军战于新泽碧,大破之,俘将校以下百余人。至道元年(995年),辽大将韩德威纠结党项勒浪、鬼族十六部落,领辽军两万来袭府州。折御卿断其归路,大破之于子河汊。勒浪、鬼族等部族乘乱反戈,辽军全军覆没,其将号突厥太尉、司徒、舍利的,被杀二十余人,韩德威只身逃脱。

咸平二年(999年),辽萧太后亲率大军二十万攻宋。折惟昌等引兵东渡,攻入五合川,破黄太尉势,有力地牵制了辽军。景德元年(1004年),辽军万余来攻苛岚,惟昌率兵入朔州,攻克大狼水碧,歼敌数千人,解了苛岚之围。

杨门部将的相关文献资料

孟良

人们根据尚存于河北省的孟良寨、孟良庄、孟良屋等,推测孟良是宋军中的一名军官,是杨延昭的部下。事实上,孟良是北宋后期的大将,他与北宋前期杨延昭认识是不大可能的。这是民间评书艺人的加工和民众的愿望,体现了民众对抗辽大将保家卫国精神的敬仰和崇拜。

我们对孟良的印象就是在他的脸谱上有一个倒置的红色葫芦,这是他这个人物给我们的标志性记号。孟良有一样特别的武器,那就是"火葫芦",里面通常装着硫黄球,他还善用大斧,通常使用的战术是深入敌人的后方,知己知彼,与敌人斗智斗勇。

焦赞

焦赞,世人用"猛"字来形容他,今山西省繁峙县砂河镇人。北宋后期富弼部下,也是抵抗辽军的北军将领,焦赞墓在今天河北雄县。

在《杨家将演义》中,焦赞是追随杨延昭的猛将,同孟良并称,抗辽有战功,久镇瓦桥关(河北雄县一带),也就是镇雄州(雄县),名望颇高。他和孟良等是杨家将的左右臂,是一位名闻河北的抗辽勇将。

焦赞,京剧中这一人物的脸谱看着像是一张芭蕉叶。他习惯用铁枪,是一条豪爽的绿林好汉。

焦赞是焦德裕的远祖,在《元史》卷一百五十三《焦德裕传》中记载"焦德裕字宽父,其远祖赞,从宋丞相富弼镇瓦桥关,遂为雄州人"。

孟良、焦赞二人在历史上的每一次亮相都是形影不离的,焦不离孟,孟不离焦。

评书中,孟良焦赞本来是芭蕉山的山大王,不过,山上大王并不仅仅他们两个,而是四个,大大王花刀岳胜,武艺高强而且有带兵之才;孟良是老二,出身富豪,因为喜欢结交朋友败尽家业,后来当了独行大盗;焦赞是老三,也是该山最早的山大王,下山剪径遇到孟良,敬佩他的武艺,便请他上山作大寨主。二人不久又想劫岳胜杨星,动起手来不是对手,于是岳胜作了大王。而杨星人称"打虎太保",是一个侠客,武艺很高可是不通兵法,所以坐了第四把交椅。此四人都被杨六郎打败归顺,此后岳胜成为杨六郎的副手,往往在杨六郎不在时代理守卫边关。不过他运气不好,常常和辽军交战就负伤,而后边关被破,皇上只好求救于杨家将。

历史上关于他们的剧目很多,比如京剧《芭蕉山》《洪羊洞》《三岔口》等。

《三岔口》又名《焦赞发配》,取材于《杨家将演义》。川剧、汉剧、秦腔、豫剧均有此剧目。

京剧传统剧目《打焦赞》,讲的是这样一个故事:在杨宗保被辽邦韩昌掳去,杨延昭派孟良回天波府搬兵时,排风应声而出。孟良很轻视她,比武之后,孟良打败了,遵偕排风赶赴三关。焦赞见到排风,也瞧不起。被排风打败后才心服口服。后排风出战,打败韩昌,救回杨宗保。

《洪羊洞》传统京剧剧目,又名"孟良盗骨""三星归位"。在宋朝,杨延昭命孟良往辽邦洪羊洞盗取其父杨业尸骨,焦赞也暗随至洞;孟以为是敌将,用斧劈死。当孟发现时,哀痛不已,后悔莫及。乃将杨、焦遗骨交老兵送回,自刺于洞前。六郎正在病中,惊闻噩耗,哀悼呕血,与八贤王和母、妻诀别而死。

京剧《辕门斩子》里的焦赞

《穆柯寨·穆天王》京剧传统剧目的剧情:宋,杨六郎命孟良搬请五郎助破天门阵,五郎需穆柯寨的降龙木作斧柄,孟良、焦赞去索取，被寨主之女穆桂英所败。焦、孟请杨宗保助战，杨被穆擒去，孟放火烧山，又被穆用分火扇将火扇回，焦、孟大败。

穆桂英爱慕杨宗保，以身相许。杨延昭为救宗保，化名征剿穆柯寨，路遇穆洪举回山，被杨杀败。穆桂英下山，将杨打落马下。宗保赶到，喝破双方身份。杨羞愧回营，深恨宗保，方有斩子之举。

（二）杨家将传说的遗址

杨氏一门，男将有杨业为首的父子兵，女将有佘赛花带领的女中豪杰，代代奋战在抗辽前线，为大宋的江山稳固付出了鲜血和生命。不仅在历代官方书籍有记载，在民间也流传着不同版本的杨家将精彩故事。

在中华大地上至今仍然留存着诸多遗址、遗迹。以杨家将历史活动集中的陕西省、山西省为中心向四周扩散。分布在北方的大致有辽宁、北京、天津、河北、河南、山东、宁夏、甘肃等地；分布在南方的大致有：湖南、江苏、浙江、广东、广西、福建、云南、贵州等地。有为纪念杨氏一族修建的祠堂、庙宇、假墓、塑像，还有以杨家将活动的地点命名的县以及村子。

就庙宇而言，除了杨氏家庙外，民间的庙宇也不计其数，如代县的杨氏宗祠、雁门关李牧杨业庙、柳林县七星庙、北京昌平区杨无敌祠、广州石船村杨五爷庙、江苏南京高淳区杨家村龙王庙等。为弘扬地方文化，在河北、山西、天津等地，杨业墓、六

雁门关西楼杨家将壁画

郎墓、七郎坟、孟良焦赞墓等不只一处,如山西代县、北京密云、天津宁河就有三处七郎墓。在杨家将文化地理中,最显著的是与杨家将相关的地名,遍布全国许多省市。为纪念杨家将,表达对民族英雄的敬仰,把山、河、村庄、堡寨、石头、山崖、洞穴、树木等直接用杨家将人物命名或附上杨家将的传说,如六郎峰、拒马河、杨家寨、孟良崮、六郎庄、三郎堡、穆柯寨、望儿山、试剑石、六郎影、挂甲塔、刀劈崖、孟良拴马桩、孟良屋等。在历史和文化的共同影响下,这些地名逐渐形成,并保留至今。

在山西省,与杨家将相关的遗址有四十九处:

与杨业有关的——

杨忠武祠：山西代县东二十公里鹿蹄涧村，元至元十六年（1279年）建，祭祀杨业，为杨家祠堂。

雁门山：山西代县雁门关。太平兴国五年（980年），契丹十万众寇攻雁门，杨业以数百骑由小径奇袭，大败契丹。

杨家寨、杨家城：山西河曲县南部，相传为火山王杨信活动的遗址。山西代县境内，太平兴国年间杨业为防御契丹而建。大石寨、茹越寨、胡谷寨、西陉寨、崞寨、阳武寨、土墱寨、雁门寨。此外，还有瓶形寨、梅回寨、麻谷寨、义兴寨，均在山西繁峙境内，亦为杨业所建。

托逻台：山西朔州宁武山。雍熙三年（986年），宋北伐西路军监军王侁使人望杨业交战处。

陈家峪口：山西怀仁县西北十公里峪口。雍熙三年（986年），杨业兵败被俘处。

三灵庙：山西应县东南大石村，祀唐晋王李克用、宋边帅杨令公。

令公塔：山西五台山九龙阁，相传杨业殉节，其子五郎收遗骨建塔。

杨太师墓：山西朔州西二点五公里处，相传杨业葬于此。

与佘太君有关的——

折家祠：山西岢岚西北一点五公里处，祀佘太君。

折太君墓：山西保德县南二十公里折窝村。

与穆桂英有关的——

木阁村：山西繁峙县峨口镇。木阁村原名穆阁寨，穆桂英屯兵处，山间有穆桂英庙，"文革"中被毁。

莫姑岭：山西五台苏子坡北，相传杨延昭收穆桂英于此。

穆柯寨：山西浑源城南，相传穆桂英屯兵处。

穆桂英祠：山西繁峙北四十里义兴寨，村口有洞，相传为穆桂英屯兵处。

穆桂英山：山西繁峙县南，山上有寨，相传穆桂英屯兵处。

与杨四郎有关的——

河神庙：山西保德县城关，祀杨四郎（四将军）。

与杨五郎有关的——

太平兴国寺：山西五台山楼观谷，宋沙门睿见结庐于此，相传杨五郎出家于此。亦名五郎祠。

与杨七郎有关的——

杨七郎墓：山西代县东二十公里留属村，有乾隆二十年（1755年）敕建墓碑，书"宋赠武勇将军延兴公神墓"。现扩建为杨七郎陵，为县级文物保护单位。

与杨六郎有关的——

据《宋史》地理志载，仅是杨延昭在太平兴国年间修筑于繁峙、崞县、雁门的城堡，即达十五座之多，其中有繁峙城、茹越堡、大石堡、大兴寨、治宝寨、平型寨、梅回堡、麻谷堡、雁门城、西陉关、湖谷寨、土磴堡、阳武城、楼板、石峡堡等，再加上修建于原平、五台、宁武、神池、忻州等地的堡寨，总数很多。

据明代成化年间编制的《山西通志》卷三说，雁门关口北东山有杨六郎寨。

据《宁武县志》《代州志》《繁峙县志》《天下郡国利病书》《山西一统志》等书记载，崞县城南有杨六郎寨，城西六十五里元岗（今名轩岗）口有孟良城，其南十里有焦赞岩，朔州白草沟有六郎堡，平鲁县井坪西南十二连山顶有六郎寨，平型关东北一里许有六郎城。繁峙城东北三十里小石路南口有六郎寨；灵丘县西二十里有杨六郎城。马邑县西五十里有杨六郎寨，宁武县北杨方口堡为杨延昭所筑。

《宋史》记载下来的杨延昭在晋北的故事，只有雍熙三年北伐之役中的一次战斗："杨业攻应朔，延昭为其军先锋，战朔州城下，流矢贯臂，斗益急。"涞源城南的插箭岭，历代相传是杨延昭插箭立营的所在，广灵城西南四十里的六郎城相传也是杨延昭所建。

土阜遗台：亦名望夫台。山西朔州平鲁寨北，相传杨延昭妻王环女常在此北望宋兵。

灵丘故城：山西灵丘县东五公里，相传杨延昭与辽萧太后作战于此。其西十五公里有萧太后城，南二里又有杨六郎城。

太和岭：山西朔州东南二十公里，岭北口西山上有佳吉寨，相传杨延昭屯兵处。

古战场：山西朔西二十五公里处，相传杨延昭屯兵于此。

六郎寨：山西代县雁门关口西坡上，相传杨延昭在此防守。

六郎寨：山西应县城南二十公里白草沟西南，相传杨延昭屯兵处。

六郎城：山西广灵县林关口，相传杨延昭屯兵于此，遗迹尚存。

六郎城：山西忻州南二十公里石岭关北，相传杨延昭驻兵于此。

杨六郎城：山西灵丘故南一公里，相传杨延昭屯兵处。

杨六郎寨：山西代县雁六关北口东山上，相传杨延昭驻兵防守。

杨六郎寨：山西原平杨武峪，相传杨延昭屯兵处。

六郎炮：山西阳曲县东杨兴村发现，本村老者亲眼所见，后不知下落。

宋乱冢：山西朔州广武峪西北，有冢二百余堆，相传杨延昭与辽兵作战于此。

果园寺：山西代县东北隅，隋开皇年间（581—604）建，内砖塔一百二十尺。相传杨延昭曾射三矢于上，今矢不存。

试刀石：又名试剑石，山西代县北四公里大路旁，相传杨延昭试刀于石上，一石中分，今存。

祭刀石：山西灵丘县南二十公里，相传杨延昭出兵祭刀于此。

牧羊圈：山西浑源县东炭峪峪口处，相传杨延昭在此牧羊。

黄羊坡：山西祁县东南窑上村，相传杨延昭从澶渊北上迷失道路，黄羊引之，故名。

杨六郎墓：山西繁峙县西七点五公里晏头村。

与孟良、焦赞有关的——

孟良城：山西原平元冈口，相传杨延昭部将孟良屯兵处。

孟良城：山西忻州西北三十五公里蒲阁寨东，相传孟良屯兵处。

焦赞寨：山西原平元冈口南五公里，相传焦赞在此屯兵驻守。

杨忠武祠

一提起杨家将，就不得不提杨忠武祠。这是在民间百姓中、也是在世人心中最具有标志性和代表意义的建筑。来这里参观、旅游或者专门祭祀的人，都会在心底里由衷地赞颂这一门忠良。

杨忠武祠及牌楼

杨忠武祠，亦称杨令公祠，位于代县城东十九公里的枣林镇鹿蹄涧村，为杨家将满门英烈宗祭之地。创建于元至元十六年（1279年），元天历年间（1328—1329）又奉敕再建。因杨业疆场战殁，被追赠太尉，谥"忠武"而名。

祠堂坐北向南，占地面积一千一百多平方米，基为长方形，东西宽十八米，南北长六十三米。祠门南建有戏楼三间，名为"颂德楼"。祠门前有古槐两株，粗壮挺拔，枝叶茂盛。祠门建于石砌台基上面，面宽三间，单檐悬山顶，上悬三匾，中书"奕世将略"、东书"一堂忠义"、西书"三晋良将"，均为明清时期山西地方官员所赠。门楣正中书"忠武祠"。祠门内侧抄录了北宋皇帝封赠杨家诰敕十篇。祠分前后两院，前院东西北各建厢房三间，原奉祀杨业后裔，现闲置。后院北为祠堂主建筑正殿，东西配殿各三间。正殿面阔五间，进深三间。门楣悬四匾，竖匾为"敕建"，横匾为"千秋忠义""威镇华夷""忠勋世美"。柱悬木刻楹联，上联"丰功伟烈著边疆勇冠千军称无敌"，下联"浩气英风留古塞声威万代佩专城"。内塑像二十二尊，中为杨业与佘太君夫妇，两侧为杨宗保、杨文广、杨再兴等杨氏历代名将，均姿容伟俊，气宇轩昂。后院中供奉祠堂的标志物——鹿蹄石，两侧廊房内存碑六通，其中二通元碑，二通明碑，均为研究杨家将历史的珍贵文物。

祠堂以大量的文字、图片和实物立体化地展示了杨家将满门忠烈、守边保国的英雄事迹和家喻户晓的传奇故事。祠堂保存有历代名宦彰颂杨家将的题词、赞记、匾额、楹联、碑刻等各类珍贵文物上百件。

杨忠武祠前有牌楼三座，均为20世纪90年代初兴建。一座位于通往杨忠武祠路口处，坐北向南四柱七顶，蓝底金字，上书"天波杨府"；一座位于杨忠武祠前西，为四柱七顶结构，上书"正谊、明道"；一座位于杨忠武祠前东，同为四柱七顶结构，上书"廉垂、四知"。"正谊、明道、廉垂、四知"为杨家的八字"祖训"。

鹿蹄石

鹿蹄石位于杨忠武祠中院当中，高约80厘米，雕作玲珑山形，前雕人物鸟兽，后刻鹿及鹿蹄印。石下有四层重叠石座，石座束腰处横镌"宜圣十德"四字，分五行竖写"十德"：门高、邻美、迟老、家和、身安、成家、外和、子孝、省事和人重，落款为"泰定元年立"。

相传，杨业十四世孙杨友和杨山兄弟到竖州（今繁峙县）马峪河狩猎，忽遇一只梅花鹿，杨友张弓搭箭，射中鹿蹄。受伤的梅花鹿带箭奔逃。兄弟俩人率兵紧追不舍，翻沟越涧十几里，直至代州地面一个叫联庄的小村庄。正待捕捉时，梅花鹿突然遁踪入地，杨家兄弟惊骇之间即令兵士掘地寻找，挖至三尺见深时，现出一方怪石，上雕带箭梅花鹿，与所追之鹿无异。梅花鹿向被古人认为是"祥瑞之兽"，杨友兄弟深感联庄是神鹿有意引导的祥瑞宝地，于是举族迁居于此，建宗祠奉祀香火，并将村名改为鹿蹄涧（箭），世代繁衍至今。现在全村一千余人多数是杨家将的后裔，按家谱排辈，从杨业算起已衍至第四十三代。

杨氏宗卷

杨氏宗卷是杨忠武祠众多历史文物中最为珍贵的"镇祠之宝"。为九百多年前的南宋遗物，素绢如幅，卷长 8.1 米，宽 0.39 米，排列顺序先为传记，次为画像，再为名人赞诗。内裱宋孝宗皇帝于乾道元年（1165 年）加封杨存中昭庆军节度使敕令之一，并绘有杨克让、杨文靖、杨时、杨存宗、杨大异五人像。相传，杨氏家族当年分家时，一家分得"宗卷"，即鹿蹄涧杨氏，另一家分得"功劳簿"，为雁北左云、右玉一带流散杨氏。抗日战争期间，日军侵占代县后曾追寻"宗卷"，由杨家后裔几经艰难，终于辗转保

杨忠武祠的杨家将壁画

存下来。清内阁中书孔传性在《杨氏宗卷跋》中写道:"辛巳秋,余偶得捧阅,虽丹青渝敝,神采奕奕如生,焚香静对,肃然起敬,皆诸公制作,风流映发,璀璨溢目,真稀世之宝也。"宗卷上题许多名人贤宦之诗,其中宋朝大文学家范仲淹赞诗道:"山川毓秀,挺生斯人。功全社稷,泽及吾民。朝阳孤凤,盛世祥麟。九原不作,名重缙绅。"

杨七郎陵

杨七郎陵,位于枣林镇东留属村东南。陵内的七郎墓是雁门古战场杨家将镇守边关留下的唯一墓冢。陵园相传始建于宋代，现陵园为20世纪90年代初围绕墓冢扩建而成，占地面积为4830平方米。

陵园坐北向南，前后两院。前院正面建有卷棚式献殿三间，殿前两侧一对戏首青石狮，殿脊腾卧青陶二龙戏珠行云龙，前檐悬金字蓝底绞龙横匾，上书"威震神州"四个大字，威严夺目。殿前东侧立功德碑一通。殿内正中供台上塑杨七郎神像，神采奕奕，气宇轩昂；两侧塑孟、段二位将军，一位手托大印，一位手执令箭，双目虎视，英容伟俊，令人敬仰。

东西建有硬山顶廊式配殿各三间、东西厢房各两间。东殿正悬"功德流芳"匾额，廊间隔板上绘有杨七郎生平重大事件的画像。殿内塑有杨七郎之妻镇远将军杜金娥坐像，相貌端庄，气度超然；两侧塑"殷妙真、陈昭荷"两位女将军，一位执枪，一位执刀，红装素裹，英姿飒爽，一派巾帼之气。

西殿正悬"护国佑民"横匾一方，殿内塑杨宗保、杨宗政（杨六郎之子）、杨宗英（杨七郎子）三位将军塑像（相传杨七郎葬此，三位小将军曾随护陵军在此守陵），态貌英俊，威武雄壮。两侧塑两位站地将军，面目和蔼，忠实敦厚，尽显满门忠勇良将风貌。

东厢房是接待室。西厢房是陈列室，其中有部分领导的题词和各界名人颂扬杨家将忠贞爱国的赞语；有图文并茂的画照展板，展示了杨七郎陵园文物景点的兴衰历程、海内外各界仁人志士复建陵园和两岸民间交往交流的动人场面。

后院为杨七郎陵墓区，正中五级四栏汉白玉石墓台，高一米，方正十一米，墓台中央是汉白玉石须弥基座，基座上黑石冢丘。冢丘高三米，直径六米，雄伟高大，庄严肃穆。甬道中轴置青石供桌、香炉、跪石等祭器。冢前立青石古碑一通，为宋代碑首、清代碑身。碑首圆雕二龙戏珠俯首云纹龙，上刻"敕建"二字；碑身隶书"宋赠武勇将军延兴杨公神墓"，楷书"大清乾隆二十年岁次乙亥繁峙县知县周铭诒立"。

相传太平兴国年间（976—984），宋太宗乘辽国更换皇帝之机下令北伐收复失地，当时分兵三路从雁门关向北挺进，第三路为潘美所统帅。战争开始后，三军节节取胜，尤其杨业所率部队所向披靡，先后收复云州、应州、朔州等地，但到五月其他两路军连连败退。此时，辽国萧太后和耶律贤统兵十万抵达雁门关，杨家父子终因寡不敌众退守陈家谷，杨业派七郎火速回代州向潘美搬兵。潘美却拒不发兵，还乘机将七郎绑在松树上，乱箭射死。为毁灭罪证，潘美将七郎的头颅割下抛入滹沱河中。头颅竟然逆流而上四十里，漂泊到东留属村，百姓发现后悄悄收敛埋葬于村边，即今日七郎坟冢。

杨六郎城遗址

杨六郎城遗址位于枣林镇盆窑村南，为宋代杨六郎驻军营地，背依连绵起伏的勾注山脉，南俯横亘东西的滹沱河水，是宋代为加强雁门十八隘之胡峪口而建的防御工事，城高六米，周约三千米，现仅存断壁残垣，城郭依然清晰。

风雨沧桑六郎城

在旧广武城西的小山上，有一座残垣断壁的小城遗址，名六郎城。该城是北宋名将杨业为抵御辽兵进犯修筑的。杨业骁勇善战，在此镇守二十多年，屡败契丹军，威震边关。在一次对辽兵作战中，他亲率先锋军出雁门直战朔州城下，被流矢贯臂。宋真宗大中祥和七年（1014年），杨延昭卒于军，帝嗟悼之。河朔之人多望柩而泣。

清代诗人周人甲写诗咏六郎城曰：

> 断垣衰草野狐鸣，
> 曾说六郎此驻兵。
> 千载风烟销田垒，
> 三军旗鼓剩荒城。
> 雁门重镇雄西北，
> 杨氏边雄勒兄弟。
> 铁马不嘶烽火静，
> 至今唯有塞云横。

六郎城历经几百年风雨沧桑，昔日雄姿已面目皆非，今日见到的是断壁残垣、破砖碎瓦、遍地草木、一片荒凉。然而，杨六郎以生命和热血保卫边关的史迹并没有灰飞烟灭，千百年来其不仅光亮照青史，而且在民间一直广为流传，成为激励一代又一代人保家卫国而舍生忘死的生动教材。

六郎城

六郎城位于香炉台村南三华里的白羊山上。北临古长城沟，南傍山坡，东靠一条南北向的深沟。县志载：今查防险城在临灌峪，相传明防守并屯兵所筑，遗址见存，俗呼六郎城，现尚能见土围墙和一土门，其他无存。传该城系宋杨延昭屯兵所筑，故名六郎城。清代广灵知县李焕斗曾有诗："夏王荒陇狐狸夕，延昭孤城虎豹秋，翘首故园家万里，西山一望可胜愁。"足见清代已有此传。实属讹传。据县志载：考宋杨延昭为将时，守遂城，守保州，及为帅把守高阳关、益律关、瓦桥关，以终其身，且广邑在宋时没于荒服。杨延昭绝无在此驻城屯兵事。故此讹传。

穆桂英洞

穆桂英洞位于代县东南三十多公里处的峨峰东山上，为杨门女将穆桂英粮草和武器的洞库。依山傍势，形势险要，洞前置长方形巨石，周留铁箍印痕，为插旗石，附近有穆柯寨。相传，穆桂英又名穆金花，其父穆羽也叫穆洪，居住在代州峨口沟口的穆柯寨，劫富济贫自称山大王。有一年，辽国萧太后在雁门关北摆下天门大阵，要宋军破阵，否则就南下攻宋。当时镇守三关的杨六郎知阵难破,一时无策,愁眉不展,便令其子杨宗保到五台山请五郎下山,共商破阵之法。返回时路经穆柯寨,杨五郎说多年未战,斧柄已沤,需去穆柯寨。

宋辽战场——金沙滩

金沙滩在怀仁县城南三十公里处的黄花梁脚下,是当年宋、辽交战的古战场,也是传说中杨业兵败罹难的地方。京剧、豫剧、晋剧、湘剧、川剧、秦腔等都有《金沙滩》这个剧目,金沙滩人也有自己一代一代流传的故事。

传说宋、辽在金沙滩一带交战中,辽王心怀叵测,佯请宋太宗到辽营举行"双龙会",妄图一网打尽宋室君臣。宋室君臣四下派人打探情报并掌握了辽王的这一真实意图后,深知是"鸿门宴"。为确保宋太宗迅速安全地撤离危险地带,杨业让大郎假扮皇帝,命二郎延安、三郎延定、四郎延辉、五郎延德、八郎延顺等随行保护,自己带六郎延昭、七郎延嗣等,保驾宋君突围。

双龙会上,大郎用袖箭射死辽天庆王。辽臣见状,即命四下伏兵包围了赴宴的宋室全部文臣武将。经过一场恶战,四郎、八郎被俘,大郎、二郎、三郎战死,而三郎死得最惨,在荒荒草滩被乱马踏成肉泥。据说,三郎当年遇难之处就是现在金沙滩西三里处的盐丰营村南那片多年生芨芨草滩。如今芨芨草长得高大茂盛,老人们说那是三郎碧血浇灌的结果。再说六郎在前开路,杨业和七郎断后,父子三人拼力冲杀,终于使宋太宗突出重围,安全返回宋营。六郎回头一看,却不见父亲杨业和七弟延嗣。六郎将宋太宗妥善安置后,掉转马头,杀进重围寻找父亲和七弟,结果三人都遭围困,辽军却潮水般涌向金沙滩和两狼山。七郎奉父命到雁门关搬取救兵,潘美公报私仇,以七郎临阵脱逃为由,将七郎绑于一株老树下,命军士乱箭射死,同时七郎身后的老松树也因射穿而死。据说,这株老松树是棵"树王","树王"一死,这一带绿树便落叶纷纷,相继死去,最后变成一片荒漠。由于救兵不至,杨业便如《令公殉国——李陵碑》一文中说的,兵困两狼山,血染李陵碑,为宋室江山流尽了最后一滴血。

据史载,杨业兵败陈家谷,被俘绝食而亡。这个地点离金沙滩有百里之遥,是宋王朝讳言杨业碰碑,还是民间艺人杜撰出杨业碰碑,众说不一,但金沙滩确实是当年宋、辽两军激烈角逐的战场。

如今金沙滩早已改变了昔日风沙弥漫的荒凉景象,纵横交错的防风林带和硕果累累的经济林,既给其披上常青绿装,又产生了巨大的经济效益。

金沙滩古战场因杨业父子可歌可泣的抗辽壮举而闻名于世,杨业父子作为一代忠烈古今传诵,有关金沙滩古战场和杨业父子抗辽的传奇故事,当地民间更是有口皆碑。为纪念杨业父子英雄业绩和他们浴血鏖战的古战场,这里相继有冠以古战场名字的金沙滩镇政府、金沙滩林场、金沙滩火车站、金沙滩煤运站、金沙滩农牧场等。金沙滩镇是这一带政治、经济、文化中心,并成为怀仁县经济开发区之一。

昔日金沙滩,由于战乱、风沙,在解放前曾是这样一种境况:

　　住在金沙滩,两眼泪不干。
　　每逢春天到,黄沙满天翻。
　　肥土随风走,产量不上斗。
　　男人走口外,女人挖苦菜。

如今却是:

　　万顷金沙滩,山川栽满树。
　　风来不起尘,五谷年年丰。
　　务农又做工,各业全盛兴。
　　户户都富裕,塞上小康镇。

茹越口

在应县南二十公里茹越山下茹越口村,两侧高山耸峙,峪口短浅,地形险要,为"雁门十八隘"之一。宋有茹越寨,明筑关城堡,置巡检司,清驻把总。今有乡镇公路可至梨树坪。

《元丰九域志》代州:"繁峙县,有茹越寨。"

洪武《太原志》:"茹越口,在(繁峙)县东五十五里,其山东接小石口,西连胡谷口,形势险峻,道路狭隘,今已闭塞,现设巡检司守把。"

成化《山西通志》:"茹越口,在代州东北一百十里,繁峙县北十里。有堡,周围八十五丈,洪武二年置巡检司。"万历《应州志》:"茹越口,去城正南四十里,南通繁峙县,设有巡检司。"

《山西志辑要》应州:"茹越口,州南四十里,西接胡峪口。其间有峙峪、小山门峪、龙湾峪等共十一口。"

光绪《山西通志》:"小石,茹越等口,尤为险隘。正统、景泰以来,瓦剌、俺答即从雁门关东茹越等口,入掠,直到忻、代诸州县,是州在国固晋省要害之地也。"

娘娘滩

"九曲黄河十八湾,传奇莫过娘娘滩"。在今河曲县东北 7.5 公里的楼子营乡河湾村,是位于黄河之中的一个小岛,地势平坦,东西长约 800 米,南北宽约 500 米。

陈家谷

在今神池县东与朔州、宁武交界处,又名陈家谷口,位于阳方口以西。峡谷呈南北走向,长达五公里,东西两崖峭壁直立,

雁门关小北门

谷口有托逻台，为北宋抗辽名将杨业战死处。

文献《读史方舆纪要》："陈家谷，在朔州南。宋雍熙三年，杨业趋朔州，与护军王侁等期会于陈家谷口。既而业与契丹战败，趋狼牙村，暮至谷口之托逻台，死焉。"

雁门关

明代内长城附近有内三关（居庸关、紫荆关、倒马关，都在河北省），也有外三关，即雁门关、宁武关、偏头关，在山西省。三关形势，宁武为中路，雁门为东路，偏头为西路。

雁门关，一名西陉关。旧关在雁门山上，东西山岩峭拔，中路盘旋崎岖，唐代于绝顶置关。元时关废。明初移今址，两山夹峙，形势雄胜。今关南距代县城二十公里。关城围二里，高两丈，砖石砌成。门三重，为东门、西门及小北门。东门有雁楼（今毁），西门有六郎庙（已毁）。西门之外，又有南北向小门，门额石匾横刻"雁门关"三个大字。左右镶嵌砖镌对联一副："三关冲要无双地，九塞尊崇第一关。"自明洪武七年建此新关以来，景泰、正德、嘉靖、万历时，屡有修葺。清同治年间又经重修。

宁武关

宁武关在今宁武县，古楼烦地。旧为宁武屯，明成化二年（1466年）立关。嘉靖二十二年（1543年），有三关镇守总兵官驻之，辖雁门、偏头二关。现关城大部分城墙已拆除，少许还保留。

偏头关

偏头关在今偏关县。古武州塞地。宋置偏头寨，金因之，元为关，明代建守御所。偏头关东连丫角山，西通黄河，与河套仅隔一水，其地东仰西伏，故名偏头。偏头关辖边二百余里，明时太原镇总兵驻。清为偏关县。今关城仍存遗迹。

四

文化内涵

杨家将国而忘家、公而忘私的故事在大同、雁北和全国各地流传了上千年，至今不衰。不论史学家们如何对其真伪进行考据，杨家将的故事始终感动着一代又一代的人。在我国的历史人物中，很少有人能像杨家将这样家喻户晓，深入人心，受到人民如此强烈的颂扬和同情。有关杨家将的故事，从最初的民间传说到稍后的戏剧词曲，再到以后的小说传奇，一直在里巷流传。由于杨家将在文学作品中非常众多，但在史书中却相当隐晦，所以杨家将其人其事，不免像《曲海总目提要》所说："信者悉以为真，而疑者又皆以为子虚乌有。"人们之所以乐道杨家将故事，乃出于保国抗敌、惩恶扬善、崇忠仇奸的传统观念。其实，这些传说故事基本上都是虚构，其中的一些人物如杨八郎、杨宗保、穆桂英、八姐九妹、杨排风、十二寡妇更与历史无涉。传说，往往以历史背景和历史事件为依托，杨家将的传说同样是在历史上杨家将的基础上渲染推衍而成的。有的传说是历史上有其人无其事，有的传说是历史上有其事但改变了历史原貌，有的传说是历史上既无其人也无其事。

　　北宋杨家将英勇报国的历史故事，经过庙堂文学和民间文学的传播与接收，故事情节及文化内涵不断丰富完善，成为我国家喻户晓、妇孺皆知的故事体系。他们"或以抒下情而通讽喻，或以宣上德而尽忠孝"，从不同的角度进行阐释与发挥，尤其是在国运危难之际，该故事更是广为传颂，成为中华儿女同仇敌忾、奋斗不息的力量源泉和精神动力。杨家将的文化精神及价值取向，随着时代的发展，不断被赋予新的文化内涵，在大力构建社会主义和谐社会和进行社会主义经济与文化建设的今天，更具有十分重要的现实意义。

（一）以宗法制度为载体的家国文化

中国传统文化可以说是以宗法制度为载体的家国同构体制特征的文化。中国古代所谓"家"，主要有两个内涵。其一，是指个体家庭，它是构成社会的细胞。《礼记·礼运》中所说的"父子笃，兄弟睦，夫妇和而家肥"，这里的"家"即指个体家庭。"家"在中国古代还指卿大夫的家族或封地。"家"的第二种内涵与"国"有一致的地方。"国"在古代不仅指统一的"国家"，还指诸侯、卿大夫或他们的封地。如《论语·季氏》："丘也闻有国有家者，不患贫而患不均，不患寡而患不安。"这里的"国"指诸侯，"家"指大夫的家族。《孟子·离娄上》："国之所以废兴存亡者亦然。"赵岐注："国，谓公侯之国。"《列女传·辩通》也说："国，诸侯也。""家"与"国"的这种一致性，是中国古代社会家国同构特点的基础。杨家将就鲜明地体现了家国同构的文化特点，主要体现在"家"与"国"利益的高度统一，且"国"的利益始终处于"家"的利益之上。

杨业始终把国家利益放在第一位。初为北汉将军，屡立战功，被人称为"杨无敌"。《宋史》本传有这样的记述："业，不知书，忠勇武烈有智谋；练习、攻战与士卒同甘苦。代北酷寒，人多服毡毯，业但挟纩，露坐治军事，旁不设火。侍者殆僵仆，业怡然无寒色。为政简易，御下有恩，故士卒乐为用。"归宋以后之当年（太平兴国四年八月），又受任为三交驻泊兵马都部署兼判代州，领屯戍的禁军和代州厢军防守雁门、恒山一线，又长达八年。这八年正是宋辽两国攻守作战最激烈和最频繁的时候。代州下辖雁门、崞县、繁峙、宁化（今宁武）、原平诸县，杨业以代州长官兼山西前线总指挥，其防区不只代州本州，还包括东接灵丘、涞源，西抵偏关、五寨的整个晋北边界。这边界就是整条雁门山脉和恒山的西脉，芦芽山的北脉。这些山脉横亘山西北部，屈曲千里，其纵贯南北的许多峡谷，都是辽军南侵的必经通道，因此，不能不在这些峡谷南北两口设置城关堡寨以事控扼。杨业智勇双全，平时带兵，处处以身作则，作战身先士卒，与士兵同甘共苦，深受士兵爱戴。有一次，辽军十万大军攻打雁门关，杨业带数千骑兵，从小路绕到辽军背后，出奇制胜，使辽军大败，威镇雁门关外。从此以后，辽帅一见"杨"字帅旗，总是胆战心惊，望风丧胆，常常不战自退。雁门之战时，辽军总兵力为十万骑，为杨业之军数十倍。但他们进入车不能方轨、马不能并辔的长达数十里的雁门山峡谷中，其数量的优势就无足轻重了；这种两侧悬崖峭壁的峡谷战场，纵有千军万马,也只能容得几十人以至几个人厮杀。在这种情况下即使是几百人、几十人也可以与敌军作战。这就是俗所谓两鼠斗于穴中,勇者即胜。杨业看准了这点,选定了这个时机,以几百人从辽军西侧的西陉悄悄绕到辽军后侧。突然向行进于雁门峡谷中的辽军发动攻击,把它打得首尾不能相顾,自相践踏,乱不成军,大败而逃。杨业在掩护代北吏民撤退的方案中,一则指出"今辽兵益盛,不可与战",主张避免与优势的敌军在不利时决战,二则考虑到辽军廿万已据寰州,云、应两州已落入敌后,朔州亦已陷于敌锋之前。在杨业指挥下,他的部队突出的战斗作风是劲疾剽厉。进则速出,势如脱兔,使敌军不及相顾,攻则猛攻,不利则迅速脱离战场,长举远引,另寻战机,从来不肯跟敌军纠缠在一起,拼消耗。因此,即使在失利的情况下(如在北汉时与宋军的几次决战),也能避免过大损失,紧握主动权。

公元986年,宋太宗派潘美为主帅,杨业为副帅,兵分三路,北出雁门,收复失地。杨业率西路军收复了云、应、寰、朔四州(都在今山西北部),但因东路军战败,整个战争形势陡然发生变化,萧太后统领的辽军乘胜追击,攻取了云州、朔州等雁北广大地区。为了阻止辽军进攻,杨业与潘美商定,在朔县南部通往忻、代要道的陈家峪口设下埋伏,由潘美等人在峪口的两翼布下奇兵强弩,杨业率兵出击,把辽军诱入伏击区,给以歼灭性打击。杨业带领士兵与辽军浴血奋战,边战边退到陈家峪口,哪知潘美早已提前撤离了阵地,杨业气得拊膺大恸,只得率领士兵与辽军决一死战,陷入辽军的重重包围。当时,杨业部下只剩百余名士兵,杨业对他们说:"你们都有父母妻子,跟我一块死,并没有什么好处,不如你们夺路冲出去,以后还能报效国家的。"士兵们感动得痛哭流泪,没有人离去,最后宁死不投降,全部阵亡。杨业在激战中身负重伤十几处,仍继续杀敌,终于在朔州狼牙村坠马被俘,敌人劝他投降,他严词拒绝,绝食三天,为国捐躯。杨业家族世代为国捐躯的英勇奋斗精神,就是深深扎根于家国同构的深厚文化根基之上。到了元代,实行民族压迫,把人民分为四等,汉人皆为下等人。汉族人民面对蒙古贵族的残酷统治,从情感上说,不能不怀念距他们不远的杨家将,寄托亡国哀思。明代是取代蒙古贵族而建立汉族政权的时候,汉人无异于获得了一次民族解放,加之明代的文化政策发生了变化,杨家将故事更是进入了前所未有的繁盛期。

明代杨家将的口头传说,在明人所编的山西、河北、山东、陕西、甘肃、四川、云南、福建、贵州、广西、安徽、江苏等地的地方志中俯拾皆是,难以一一列举。明代王凤灵在诗中题道:宋业偏安一水分,舆图今已尽燕云。野旷沙平陵谷异,耕民犹说六将军。我们应当从中感悟爱国情愫,从而升华为爱国精神,进而形成众志成城、坚不可摧的民族意志,克服前进中的万般艰难,去完成民族复兴的大业。

杨家将为保卫中原地区的经济文化和百姓,做出了巨大贡献。杨家将之名,就目前所见的历史文献看,最早见于宋末元初人徐大焯的《烬余录》。北宋欧阳修在《供备库副使杨君墓志铭》中记载如下:"君之伯祖继业,太宗时为云州观察使,与契丹战殁,赠太师中书令。继业有子延昭,真宗时为莫州防御使。父子皆名将,其智勇号称无敌。至今天下之士至于里儿野竖,皆能道之。"此墓志铭作于宋仁宗皇祐三年(1051年),距杨业殉国不过六十五年,距杨延昭去世只有三十七年,杨文广还健在。杨家将的传说故事与历史记载反差较大。杨家将故事的产生与当时民众愿望和社会现实是分不开的。宋朝是通过"陈桥驿兵变"取得统治权的,所以宋朝皇帝从中汲取了一条错误的教训,认为家贼甚于外寇,内忧大于外患,军事政变的危险大于周边少数民族的威胁。宋太宗原话是这么说的:"国家无外忧,必有内患;外忧不过边事,皆可预防;奸邪共济为内患,深可惧也。"所以对内崇文抑武,抑制大将的权力,对外则苟且偷安。为了控制武将,宋朝采取了许多架空武将的办法,如只给武将虚衔,不许其掌握兵权。驻防频繁调换,以防止武将割据。部队归属中央,武将只能临时指挥。朝廷派亲信监军,以防止武将图谋不轨。军政分离,不许武将染指地方事务等。以致最后告密成风,奸臣当道,武将因此遭殃,被杀和自杀的在宋代屡见不鲜。就连文官寇准,最后因其坚决主张抗辽,也被罢免宰相职务。而对于外寇,则是一忍再忍,只有当外寇兵临城下后,才勉强应战。一旦危机解除,即便战事顺利,也鸣金收兵赶紧收场。这样的国策,导致了最严重的后果,便是北宋和南宋相继被灭掉,中原人民屡遭浩劫。宋代坚持抗战的名将,最著名的是杨家将,在南宋则是岳飞。

中华民族在几千年的历史中形成了以爱国主义为核心的团结统一、爱好和平、勤劳勇敢、自强不息的伟大民族精神。这是我们民族赖以存在、发展的情感纽带与精神支柱。坚持以爱国主义为核心的民族精神是社会主义核心价值体系的基本内容之一。在现阶段,爱国主义最基本、最本质、最重要的表现,就在于不遗余力地巩固最广泛的爱国统一战线,为维护祖国统一,加强民族团结,构建和谐社会,实现中华民族的伟大复兴而做出自己的贡献。杨家将故事的世代流传体现了我国的民族凝聚力与爱国主义情感,在当前应当大力弘扬。历史文化资源是民族文明的血脉和根基。杨家将是扎根于社会生活层面的,是关乎民族命运的根性文化,是我们民族的生命。杨家将不论收复失地,还是抗辽兵御西夏,都是杀戮、流血、死亡的战争。回思那些战争,其性质是正义的,正义的战争必然造就民众爱戴的英雄。杨家将从杨业镇守雁门关到宋熙宁元年(1068年)杨文广收复西夏七百里疆土,历四代百年。男儿血染沙场,寡女跨马出征,满门忠烈,献身于保卫家园的战争。是战争营造了杨家将,是杨家将赢得了战争。在古代忠君与爱国是统一的,杨家将忠君守节的核心就是爱国,正因为如此,杨家将的形象才会被民众世代敬仰,正是这种爱国情怀支撑着民族的抗争与奋斗。

（二）以祖先崇拜为核心的忠孝文化

维护家庭的稳固，便发展出一套调节家庭成员关系的伦理原则，其中"父"为家庭主宰，家庭成员对父权的认同构成了家庭稳固的首要条件。"父在，观其志，父没，观其行，三年无改于父之道，可谓孝矣"（《论语·学而》）。这样，对父的"孝"就成了家庭伦理中的最高原则。"事，孰为大？事亲为大""事亲，事之本也"（《孟子·离娄下》），将家庭伦理的关系推之于国家政治。父在家庭君临一切，"家人有严君焉，父母之谓也"（《易·家人》）。与之对应，君王则是全国民众的严父。对父母的"孝"，便也等同于对君的"忠"。"君子之事亲孝，故忠可移于君"（《孝经》），"忠君"观念正是这样一种宗法制国家形态的产物。因此，古代中国人的国家观念，首先从家庭教育开始，所谓"家为邦本，本固邦宁"，要想治国、平天下，应从修身、齐家做起。《大学》云："古之欲明明德于天下者，先治其国，欲治其国，先齐其家；欲齐其家者，先修其身。"杨家将历史故事发展的内在驱动力源于对杨令公杨业的祖先崇拜,这种崇拜与忠孝文化密切相关。

杨业死后,他的儿子们继承父业,继续抗辽,其中最有名的是杨延昭,即民间传说中的杨六郎。杨六郎并非排行第六,"六郎"的来历,是因为他威镇边关,辽军很怕他,以南斗六星相比,遂尊称为"杨六郎"。杨延昭曾跟随父亲杨业多次出兵打仗。他镇守边关二十多年,英勇善战,多次打退辽军的骚扰,阻止了敌人南下。杨延昭的儿子杨文广,曾在范仲淹部下带兵,并跟随抗击西夏进犯的爱国名将狄青(山西汾阳人)南征,为收复失地出谋划策,最后壮志未酬,抱病而死。杨业有七个儿子,《宋史·杨业传》说:"业既殁,朝廷录其子供奉官延朗(昭)为崇仪副使,次子殿直延浦、延训并为供奉官,延瑰、延贵、延彬,并为殿直。"山西代县杨忠武祠保存的《杨氏族谱》为"延平、延定、延光、延辉、延昭、延郎、延兴、延玉"八子,按照排行顺序,多一义子。长期以来,人们把杨业七子加一个义子,称为"七郎八虎"。除了六郎在《宋史》中有附传外,其他均没有提及。只在地方志中有记载。但传说故事却很丰富,最具代表性的有"七郎八虎闯幽州"就是一幕英勇壮烈可歌可泣的故事。

"孝"就是"善继人之志,善述人之事者"。《后汉书·范升传》也认为:"继先祖之志为孝。"杨门女将身上有着强烈的忠孝观念。显然,这与封建社会后期对妇女忠孝节烈的要求有着很多的一致性。宋明以来社会普遍信奉"妇殉夫为得正""有子则守志奉主,妻道也;无子则洁身殉难夫,妇节也。"要求丈夫死后如果有子必须得哺育孩子不许改嫁，如果没有孩子就要殉葬。在宋代以来的杨门女将的传说中十二寡妇莫不遵守妇节。这种形象也符合当时社会对妇女的要求，是恪守妇节的好榜样。杨氏先祖杨业是为国尽忠的英雄楷模，其志向在于精忠报国、死而后已，达到了为国尽忠的最高境界。杨氏子孙以对自己英雄祖先的崇拜为核心，继承其精忠报国之志，真正实现了忠孝两全的人格建构。

（三）以血缘关系为纽带的亲情文化

中华民族讲求亲情、爱情、友情、乡情、国情、民族情,"六情"并重,亲情为核心。在日常生活中,重视人之常情,中国传统的人文情怀中最为重视的三情:亲情、友情、乡情。中华民族是一个家国同构的大家庭,五十六个民族一家亲。所谓亲情文化是通过一定的物质媒介、具体行为和精神状态,表达着一定的价值观念与行为规则,传递着不同群体与个人的利益要求和情感倾向。《新华词典》"亲情"含义则有扩展:"亲人之间的感情。"不过,这都是指狭义的亲情。广义亲情则指中国的一种文化——亲情文化。亲情虽非中国所独有,但唯独在中国才可以形成一种历史悠久、传播广泛、影响持续、方式缜密、内容全面、形态复杂、功能完善和体系庞大的文化。在中国倡导"亲情文化"是文化建设的重要内容,是保证社会发展的需要。"亲情文化"早已渗透在五千年中国文化中,即血缘、姻缘、地缘、业缘和情缘"五缘"。广义上的杨家将文化囊括了血缘、姻缘、地缘、业缘和情缘五种关系，血缘关系为基础和纽带，集中体现了亲情文化。

血缘亲情是杨家将高度凝聚力的内在原因，外在体现为对家族荣誉的极力维护。维系这一思想观念的正是以血缘关系为主体的亲情"五缘"。在这种亲情文化的影响下，杨家将主仆、父子、兄弟、妯娌之间实现了空前的家族凝聚力，个人利益绝对服从集体利益，顾全大局、众志成城、上下一心、英勇顽强，共同为国尽忠效力。以这种亲情文化建构起来的杨家将家族文化成为我国历史上家族文化的典范和品牌。杨家将是爱国将领和民族英雄的代表，杨家将不仅是杨氏族人的骄傲，也是整部中华民族爱国史上的不朽丰碑。杨家将文化，植根于百姓心中。这种文化主线和核心是爱国主义，即：爱国爱民，保境安邦，维护民族团结，促进国家统一。

杨氏一门，祖祖辈辈披坚执锐，浴血奋战，先后不下二百年，几乎与两宋相始终。其作战地域，遍及当时的边防前线，中原民族倚重的长城一线百姓，都将之奉若神明。历代称颂他们是理所当然的。史书所以如此，至少是跟宋王朝重文轻武的风气有关。对仁人志士的表彰和对佞臣贼子的无情指责体现了民众的爱国精神与朴素的善恶分明的观点。杨业为宋朝防守雁门关一带长达七八年之久，使辽国始终不得入侵中原。百年来一直受到辽军侵扰的山西人民，特别是边地居民，"河朔之间连岁飞挽，大河以北千里萧然"，从此得到了前所未有的安宁。代北居民听说宋军入境，奔走相告,欣喜异常。父老们迎着杨业部队涕泪纵横地说：

"久陷边陲，有粟不得食，有子不得养，不意余年复见光明。"于是命其子弟或者充当向导或者供应军资，或者夜袭辽军斩首来献，或者随军作战。杨业下令征募壮士，应征者成千上万。宋军受到百姓的尊崇和爱戴。杨业英勇奋战的事迹"天下之士至于里儿野竖，皆能道之"。

孝悌应该仔细分析。古人所讲的孝道，父为子纲所讲的是绝对服从的孝，但是赡养父母敬重父母还是必须的。孔子说："至于犬马，皆有以养，不敬，何以别乎？"孝敬父母是起码的道德，忠的本意是对别人要尽心负责，汉代以后成为臣对于君的道德。在中国历史上，专制君权被推翻之后，"忠"除了忠君，还有忠于祖国，忠于人民，忠于民族。

（四）以思想解放为背景的妇女文化

受宋明理学影响，宋明时期，在君权、父权、夫权专制下的妇女地位最为低下，在大多数的古代小说、戏曲作品中，女性形象一般都比较柔弱，而独杨家将小说中这些勇武善战的杨门女将形象格外引人注目，是古代小说中不可多得的光辉女性形象。杨家将故事原本没有佘太君、柴郡主、穆桂英等人物，在明代小说中，才完成了女将形象的塑造。

杨门女将的出现也是明代后期进步社会思潮在文学上的反映，特别是李贽思想的体现。其张扬个性、肯定自我、肯定情欲、男女平等的进步思想，也是对宋元以来的程朱理学的否定。宋元明以来女性的地位是最低下的。从《周礼》提出了"四德"，《白虎通》提出了"三从"，千百年来，"三从四德""三纲五常"就成了封建统治者压迫妇女的伦理道德的理论核心。特别是程朱理学，把贞节作为评价妇女的唯一标准，北宋的程颐提出了"饿死事极小，失节事极大"。明代大力推行妇女教育，《女诫》《女训》

之类的宣扬"三从四德"道德观的书籍近五十种之多,这种教育只是呼应了"女子无才便是德"的古训。不仅如此,明朝政府还下诏:"民间寡妇,三十以前亡夫守制,五十以后不改节者,族表其间,除免本家差役。"将"守节"与女方家族的经济利益直接挂钩,以行政手段鼓励"守节"。杨家将传说中,杨门女将也是相当令人瞩目的。杨家将中的巾帼英雄也确有其人,杨业的妻子为折德扆之女,云州人,因"折"与"佘"同音,所以民间传说或说唱文学中,称之为佘太君。她作战勇敢,善于骑射,曾辅助杨业立过战功。佘太君在舞台上唱到"我不挂帅谁挂帅,我不出征谁出征"的时候,人们不由得为她的勇于任事的高尚精神所感动。山西临县、离石居民至今盛传杨业迎娶佘太君于七星庙。杨门女将形成了以佘太君为中心,包括佘太君的七个儿媳妇、柴郡主以至于七娘、八姐、九妹、孙媳妇穆桂英以及丫头杨排风等。这些人,除了穆桂英之外,史书上都没有记载,但民间却流传着她们的传说。杨文广的妻子穆桂英,《保德州志》说是在保德的穆塔村,当地也称为穆塔。在保德县城南的三十里。此外,易县、密云和顺义也有穆家寨,传说也是穆桂英的家乡。

杨门女将的出现以明末思想解放思潮为背景,佘太君、柴郡主、穆桂英等女性深明大义、有勇有谋、武艺高强,是深入人心的民族英雄。她们一反传统女性相夫教子、三从四德的模式,体现了对儒家理学思想束缚的大胆反抗和对妇女解放和男女平等的强烈呼唤。杨门女将的传说主要体现了弘扬古代女性独立意识的精神，杨门女将群体是无数的古代反抗压迫、反对民族歧视，追求个性解放的英雄妇女的集中反映。另外，杨家将故事在发展中，男将一个个战死疆场，杨令公血洒陈家谷，杨延玉随父战死，杨七郎万箭穿心，杨五郎出家五台山，杨四郎被辽国收为驸马。这些故事已经深入人心，不可能有太多的更改了。相反，他们的遗孀还有许多的艺术想象空间。所以杨家将的形象势必要延伸到女将身上。据明人臧晋叔《元曲选》记载，元代关于杨家将的杂剧有两部，一部为《昊天塔孟良盗骨》，另一部为《谢金吾诈拆清风府》，就是在这些民间戏曲中最早出现了关于杨门第一个女将佘太君的形象："即妇人女子之流，无不摧强锋劲敌以敌忾沙漠，怀赤心白意以报效天子，云仍奕叶，世世相承。"这段序文对杨令公事迹进行了高度表彰，称其"公而忘私""奋不顾身""英风劲气"。真正把杨家将发展为一门女将的还是明代中期成书的《杨家府演义》。这部小说的第五卷《穆桂英擒六郎》《令婆攻打通明殿》；第七卷《宣娘化兵截路》《月英怒攻锦姑》《三女往汴寻夫》；第八卷《十二寡妇征西》《宣娘定计擒鬼王》《宣娘炼出鬼王丹》等塑造了包括令婆、宣娘、月英、穆桂英在内的四代女将形象，忠孝节烈的观念在她们身上还是很明显的。

从中国妇女的历史地位来看，宋元明清时期的妇女地位在中国历史上最低。在这一历史阶段女性奉行的准则是唐代宋若莘的《女论语》。包括立身，学作，学礼，早起，事父母，事姑舅，事夫，训男女，营家，待客，和柔，守节十二个部分，其中"立身"部分说:"行莫回头,语莫掀起唇,坐莫动膝,立莫摇裙,喜莫大笑,怒莫高声;内外各处,男女异群,莫窥外壁,莫出外庭,出必掩面,窥必藏形。"对妇女在行为上的要求是非常严格的,简直没有自由可言。但杨门女将作为将帅的形象出现的时候,当她们奋勇杀敌的时候是不必遵循这些男女大防之礼的。

杨家将的传说从北宋中期杨门男将,经过南宋的制作改造,中间经元代的改变增补,至明代而形成完整的女将形象。至此,杨家将在中国民间口头传说中形成了体系。一向重视华夷之防的中原民族,从内心深处强烈呼唤抗击入侵的英雄。从其虚构的故事中也可以找到情感的寄托之处。对于封建时代的妇德、妇颜、妇容、妇功都一概蔑视,已经冲破了古老的封建道德的束缚。杨门女将的出现从文化意义上讲,是封建社会时期女性意识独立的反映。杨门女将这样具有女性独立意识的故事在当时很受欢迎。妇女在经济生活中地位的提高,使得女性形象更加光辉。这些女性形象令许多须眉男子都为之汗颜。

凝聚在杨家将传说故事中的前仆后继、忠心报国的伟大精神,集中体现了以宗法制度为载体的家国文化、以祖先崇拜为核心的忠孝文化、以血缘关系为纽带的亲情文化和以思想解放为背景的妇女文化,是千百年来中华民族面对外来侵扰和西方列强欺凌,反抗侵略、保家卫国、追求男女平等、和平美好希望的一种寄托。

当前,我们应该大力弘扬杨家将文化精神,大力推进家国一体的爱国主义教育，将家庭教育、学校教育、社会教育统一于爱国主义旗帜之下，让爱国主义教育落实到家庭、学校和社会教育中。在社会主义核心价值观指导下，用杨家将体现出来的家国文化及以英雄崇拜为核心的忠孝文化来有力地推动爱国主义教育。

杨家将故事从产生至今已有千余年的历史，其间历经宋、元、明、清、近现代等漫长的时期。但无论在哪个朝代，它总是深受欢迎、广泛传播。杨家将故事传播具有的显著特征之一即是其传播范围主要在民间，其接受者主要是民众。在流传的过程中，虽然各个时代的政治、经济、文化环境各不相同，但杨家将故事的内核总能与时代精神紧密地结合在一起，从而焕发出新的生命。纵观杨家将故事的流传，其间体现了以下民族精神。

坚韧不拔、自强不息的民族性格。杨家将面对外敌入侵时，不畏牺牲，父死子继，夫死妻代，代代相传，延绵不绝，其前仆后继、抗敌御侮的动人事迹与我们的民族精神一脉相承。中华民族在面对内忧外患等危险环境时不畏压迫、勇于反抗，表现出坚韧不拔、自强不息的性格。所以，每当外敌入侵、国破家亡之时，无数的仁人志士不惜抛头颅、洒热血，勇敢地奔赴前线；妇人女子也不例外，秋瑾、向警予、赵一曼、刘胡兰……她们身上，不能说没有杨门女将传统精神的影响。

忠君爱国、大公无私的道德追求。传统儒家强调"修己以安人""君子以义为上"，推崇个人在道德情操方面的修养。杨家将为了国家利益、不怕牺牲的忠君思想体现了儒家文化群体至上的价值取向和伦理道德观念。在封建时代，作为国家的象征和标志，忠君实际上即是忠于国家和民族。在其利益受到侵害时，个体应当服从集体的需要，必要时甚至应该牺牲个体。

　　清人诗云：亚谷城荒焦赞墓，桑干河近孟良营。行人多少兴亡感，落日炊烟画角声。杨家将文化，是从杨氏后裔到中华民族的一笔弥足珍贵历久常新的精神财富。杨家将文化，不仅是杨氏文化的亮点，而且是整个传统文化的奇葩。杨家将文化，是从宋代到当代的人民智慧的积累，是建设中国特色社会主义文化的积极因素，是实现海内外中华民族儿女团结和谐的一个重要的共识和思想基础。

参考文献

1. 常征. 杨家将史事考 [M]. 天津：天津人民出版社，1980.

2. 山西人民出版社. 中国风物志丛书·山西风物志 [M]. 太原：山西人民出版社，1985.

3. 古鸿飞. 雁北史话 [M]. 太原：山西人民出版社，1985.

4. 姚焕斗. 朔州名胜志 [M]. 太原：山西古籍出版社，1998.

5. 余嘉锡. 宋江三十六人考实 杨家将故事考信录 [M]. 昆明：云南人民出版社，2005.

6. 蔡向生，杜雪梅主编. 杨家将研究（历史卷）[M]. 北京：人民出版社，2007.